Claudia Gudelius

Die Zedernholztruhe

Roman

Gryphon Verlag

Die Deutsche Bibliothek verzeichnet diese Publikation in der Deutschen Nationalbibliografie; detaillierte bibliografische Daten sind im Internet über http://dnb.ddb.de abrufbar.

www.gryphon-verlag.de
www.gryphon-publishers.com

Gryphon Edition
München - London - New York
Print:
eMail: info@gryphon-verlag.de

ISBN-10: 3-937800-76-X
ISBN-13: 978-3-937800-76-9

Für Jost
und unsere Kinder
Sara, Jost, Till und Axel

I.

Als ob Seife Seife wäre. Yasina wusste es besser. „Du weißt alles besser.“ Das Lächeln des Vaters glich gesprungenem Glas. Ihr eigenes war hyänengleich. „Dabei weißt du gar nichts.“ Die falsche Freundlichkeit galt dem Kunden. Der fremde Käufer sollte bleiben. Familienstreit trieb auch jenen fort, der kein Arabisch verstand.

„Lass es mich lernen, Vater. Ich will Chemie studieren. Ich will das Geschäft übernehmen. Eines Tages, bitte!“ Yasina reichte die ‚Royal Soap‘ in der Palmblattverpackung weiter und senkte die Augen, wie es sich gehörte.

Seife war eine Duftkomposition, die den Benutzer rein wusch, seine Sinne anregte, ihn stimulierte, an liebliche Geschehen erinnerte und auf den Tagesablauf ermutigend einstimmte. Ihr Aroma lockte gute Geister an und vertrieb die Schrecken der Nacht. Sich zu waschen war, mehr als Schmutzbefreiung. Es diente gleichermaßen der Stärkung der Seele und Reinigung des Geistes. Nichts, was man einfach über den Ladentisch schob, wie eine Handvoll Reißnägel, die notwendig waren, aber nicht zwingend den Tag belebten. Für die Wahl der Morgenseife musste das Umfeld stimmen. Sie dirigierte Vater und Kunden sanft von dem mit Plastiktüten beladen Verpackungstisch fort und hinein in den alten Khan al-Saboun, dort, wo man seit Jahrhunderten Seife verkaufte.

Der Vater tat beifällig. „Fang nicht wieder mit dem Studium an." Er wandte sich an den Kunden und wechselte ins Französische. „Eine kleine Aufmerksamkeit für die Dame des Hauses, eine Seife, die schon Cleopatra verwendete."

„Du redest Unsinn", sagte Yasina und nickte dazu. Ihr Kopftuch saß perfekt, kein einziges Haar war zu sehen. Die Ärmel ihrer weißen Hemdbluse waren so lang, dass nur die Fingerspitzen hervorlugten. Die Rosenseife der Cleopatra war eine Erfindung, ein Köder für den Käufer.

Der Vater blieb bei Französisch und stand jetzt klein und stämmig mitten im alten Seifensouk von Sidon vor dem kaufwilligen Fremden. Rechts erhob sich die Mauer aus Kreuzritterzeiten, in deren Ritzen weißes Bilsenkraut blühte, links lud der schattige Innenhof des arabischen Khans die Kunden zur Rast unter Terebinthenbäumen ein. Vater ließ ein Glas Malventee bringen und erzählte von der Tradition seiner Familie, der Harounis, der Seifensieder von Saida, dem antiken Sidon im Libanon, behauptete, seine Familie stelle seit Harun ar-Rashid Naturseifen her und hause in diesen uralten Gewölben hier.

Kaum ein Wort stimmte.

Yasina stand hinter ihrem Vater und blickte den Fremden an. Die Blätter des Terebinthenbaums warfen Schatten auf ihre Stirn. Der Fremde sah an ihrem Vater vorbei und las in ihren Augen.

Ihr Vater kam von Cleopatra nicht los. Plötzlich wurden die Harounis, die erst seit sechshundert Jahren Seifensieder waren, noch älter als je zuvor. Sie hätten schon die Pharaonen beliefert, hörte Yasina.

„Geschwätz", brummte der Großvater. Er saß neben Yasina und ihrem Vater auf einem Korbstühlchen aus Palmblatt und grinste in die Sonne. Er war halbblind, gehbehindert und vollkommen klar im Kopf. Er vergaß das neumodische Zeug, wie er sagte, dafür begriff er die Zusammenhänge. Die Welt war eine Mixtur und schlüpfrig wie Seifenlauge. Einmal zum Sieden gebracht, kochte sie schnell über. Ein Seifenvergleich passte immer, besonders im Libanon. In der Welt wurde reingewaschen, was hier geschah, dabei schäumte das Volk. Im Krankenhaus nannte man seinen Zustand Demenz, aber er wusste, wovon er sprach. Er kannte die alten Rezepturen noch und nahm die Pillen nicht, die man ihm gab. Was sollte er damit? Man nannte ihn Abu al-Saboun, den Vater der Seife. Darauf kam es an. Er hatte alle Rezepturen im Kopf und das Wichtigste in seiner Truhe aus Zedernholz. Er hatte sein Wissen über Seifen Adel, seinem erstgeborenen Sohn vererbt, aber der war ein Esel, wie er heute wieder bewies. Später hatte er Amara, seine Enkeltochter unterrichtet, aber die schlug nach dem Vater. Sie heiratete früh einen Schwätzer mit syrischer Verwandtschaft und ließ immer die Lammnierchen anbrennen. Sie sprach laut und meist mit vollem Mund. Die Teigtaschen versalzte sie stets.

Ganz anders war es mit Yasina. Sechs Jahre jünger als Amara und überaus begabt, war sie sein Blut, sein Stolz, sein kluges Enkelkind. Warum leitete nicht Yasina das Geschäft? Dafür gab es einen Grund. Er knarzte auf dem Stühlchen herum, rutschte an die Kante und wieder zurück und sann darüber nach. Es war ein triftiger Grund. Darüber hatte es Streit gegeben, seit Jahren schon. Beim Streiten lief Yasinas Mutter stets heulend in die Küche und Adel, ihr Mann und Abbild eines Esels zugleich, raufte sich die Haare. Nur Yasina blieb ruhig. Al-Saboun lehnte sich mit dem Rücken an die kühle Gewölbewand. Er klappte den Mund auf. Das Kinn sank herab, Luft strömte in die Mundhöhle, doch nichts half. Es blieb vergessen. Mit Yasina jedenfalls gäbe es kein albernes Geschwätz. Dieser Dummkopf eines Sohnes schwafelte noch immer von Cleopatra.

Die Seifen der Cleopatra! Al-Saboun schnaubte. Sie stanken nach Schweiß. Das lag am Muskatellersalbei, den die Königin geliebt hatte. Schweiß war etwas Feines. Er lockte die Männer an. Damals. Nicht heute. Heute vertrieb er die Käufer.

Al-Saboun klopfte mit dem Gehstock aus Zedernholz und Goldverzierung auf den Mosaikboden des ehrwürdigen Gewölbes. „Zeit für das Freitagsgebet."

Adel, sein Sohn, wendete den Kopf zu ihm und behauptete, es sei Montag.

Al-Saboun hob den Stock. Dieser Esel war auch noch bockig. Höchste Zeit für eine Tracht Prügel.

„Verzeihung", sagte Adel an den fremden Kunden gewandt. „Er will in die Moschee. Er ist ein bisschen ... Sie wissen schon."

Der Fremde verstand.

Yasina wartete, bis Vater und Großvater verschwunden waren und Qasimi, der Seifenschnitzer seine Arbeit wieder aufnahm. Sie nahm dem Fremden die Seifenstücke weg. „Kaufen Sie das nicht. Billiges Zeug. Folgen Sie mir." Sie ging ihm voraus in das dunkle

Gewölbe jenseits des Innenhofs. Mit einem ellenlangen Schlüssel schloss sie ein Gittertor auf, schraubte eine Sicherung in einen alten Blechkasten, tippte eine Zahlenfolge in ein elektronisches Türschloss und betrat ein Kellergewölbe, das eine Glühlampe erhellte. In Hunderten von Kästen brach sich das Licht auf den Seifenstücken, die einzeln in Zellophan verpackt waren. „Das ist der echte Khan al-Saboun. Das andere ist für die Touristen."

Sie erzählte ihm die wahre Geschichte der Harounis. Nicht der Kalif Harun ar-Rashid habe sie achthundert nach Christus zu Seifensiedern gemacht, sondern Youssef, der Gouverneur von Sidon im fünfzehnten Jahrhundert. Ihr Unternehmen wäre nur sechshundert Jahre alt, ein Nichts in diesem Land, das schon Noah erblickt habe. Sie erzählte von Cleopatra und dem Muskatellersalbei, jener Mischung, die niemand mehr produziere und pries die Aromaseifen der Harounis mit Moschus-, Zitronen- und Pinienduft.

Der Fremde fragte, ob er sie Yasina nennen dürfe und sagte, dass er Mons heiße.

Was für ein Name! Sie nannte ihn weiterhin Monsieur und erzählte von ihren Pflanzenseifen mit den Aromen von Rosmarin, Minze und Thymian. Sie blickte auf ihre Armbanduhr. Sie müsse schließen. Nach zwanzig Minuten käme der Großvater mit dem Vater zurück. Er solle keinesfalls zu viele Seifenstücke kaufen, denn sie verlören bald den Duft. Einmal im kalten Europa angelangt, käme ihnen das Aroma abhanden.

Er nickte nur. Nahm wieder das eine oder andere Stück in die Hand, fächelte sich den Duft zu und schloss dabei die Augen. „Warum erzählst du mir das?"

„Sie sind ein Kenner. Und jetzt müssen wir gehen."

Sie löschte das Licht, verschloss die Tür, schraubte die Sicherung heraus, versteckte sie hinter dem Blechkasten und ließ das Gitterschloss einrasten. „Wir hatten zwanzig Jahre Bürgerkrieg im Libanon", sagte sie, ohne gefragt zu werden. „In den Jahren davor gab es auch Krieg. Wir fangen immer wieder von vorne an. Seit sechshundert Jahren. Diesmal bleiben die kostbarsten Stücke erhalten." Sie wies auf das alte Gewölbe, das hinter ihnen lag. „Diese Mauern haben die Kreuzritter erbaut. Sie stehen noch immer. Sie halten jedem Feuer stand."

„Und Bomben?"

„Niemand", sagte sie mit Nachdruck, „bombardiert das alte Sidon." Sie hatten den Lichthof überquert und standen jetzt an der Gasse vor ihrem Geschäft. „Sehen Sie, Monsieur?"

Mons las das blaue Email-Schild mit der goldenen Schrift. „Altstadt von Saida, das antike Sidon. Weltkulturerbe."

„Man müsste die Aromen fixieren."

„Wie denn?" Mons blickte Yasina an. Die strenge Hemdbluse reichte bis weit über ihre Hüften. Darunter trug sie hellblaue Jeans und Stöckelschuhe.

„Fixierung bedeutet Chemie", fuhr sie fort. „Ich müsste einen Weg finden, die Düfte zu fixieren, ohne das Naturprodukt zu zerstören."

„Und?" Mons trat in den Halbschatten der Gasse. Sein dunkler Anzug ließ ihn schwitzen. Seine Frau Marie hatte recht gehabt, als sie ihm abriet, sich so seriös zu kleiden. Aber sie kannte die Mentalität der Libanesen nicht. Ein Mann im Anzug war ein Geschäftsmann, ein Mann in Hemd und Hose ein Abenteurer.

„Dazu muss ich Chemie studieren!"

Mons fuhr sich mit dem Finger zwischen Kragen und Hals. Es war einer dieser typischen Tage im Libanon. Ein wolkenloser blauer Himmel spannte sich über Meer und Land aus. Sobald die Sonne das Meer erwärmt hatte, brauste der Wind über den schmalen Küstenstreifen und peitschte die Wellen. Segelschiffe hatten dies seit phönizischer Zeit zu nutzen gewusst. Surfer versuchten hier ihr Glück, und Badende mussten die Brandung fürchten. Aber zwischen den Mauern der Altstadt, nur wenige Meter vom Hafen entfernt, bewegte sich kein Blatt. Die Luft blieb stehen, heizte sich auf und flimmerte. Yasina verschwamm im Gegenlicht. Er wollte die Sonnenbrille nicht aufsetzen. Mit einer Sonnenbrille sah er wie ein Verbrecher aus. Das behauptete seine Tochter. Die musste es wissen. Schließlich war sie mit einem Polizisten in San

Francisco verheiratet. Mons schwitzte. San Francisco lag am Ende der Welt. Er hatte es nicht leiden können, wenn sie Jeans und Stöckelschuhe trug. Er blickte noch immer auf Yasinas Schuhe. Diese blöden Dinger. Sie hatten gestritten, sich versöhnt, wieder gestritten. Dabei ging ihn ihr Schuhwerk nichts an, gar nichts. „Studierst du Chemie?“ fragte er endlich die junge Frau.

„Nein, ich darf nicht!“ Sie hob das Kinn an und schob es vor. Es wies auf ihren Vater und den Großvater, die lange Schatten in die Gasse warfen. Großvater humpelte. Er stützte sich schwer auf Adel, seinen Sohn. Wenn er Adel nicht zur Seite hatte, konnte er auch alleine gehen. Er stützte sich nie auf Yasina. Gingen sie abends heim, stolzierte Großvater neben ihr einher und benutzte seinen Stock.

Die beiden kamen näher. Yasinas Vater troff Schweiß von der Stirn. Bald würde er selbst humpeln, wenn er den Alten so mit sich fortschleppen musste. Großvater lächelte wissend. Yasina sah das Funkeln in seinen Augen. Nur Esel tragen schwer, pflegte er zu sagen.

II.

Das Taif-Abkommen, das die Macht im libanesischen Parlament zu gleichen Teilen auf Christen und Moslems übertrug, war gerade siebzehn Jahre alt, der Premierminister, der aus Sidon stammte, vor Monaten ermordet worden, die Hisbollah feierte vierundzwanzigjähriges Bestehen und der Khan al-Saboun die Ankunft kauflustiger Touristen. An der Grenze gab es Schießereien, in den Straßen von Beirut prügelten sich Demonstranten und Polizei, die syrischen Truppen mussten abziehen, die Amerikaner drohten mit Embargo, und die Umweltgiftskandale häuften sich. Fremde kamen und besichtigten Sidon, die Benzinpreise stiegen, Yasina verkaufte Sandelholzseife, und das Palästinenserproblem blieb ungelöst. Hisbollah-Milizen feuerten Katjuscha-Raketen ab, Panzerhaubitzen antworteten. Dann schlugen zuerst die Granaten ein, Katjuschas flogen zurück und der Reigen begann von vorn. Friedensstifter predigten Liebe, Abwässer flossen ungefiltert ins Meer, Touristen aßen

Muscheln, zwei wurden krank. Das Hospital war kurzzeitig überfüllt, Großvater machte die Hosen nass, Medikamente gab es nicht, ein Terroranschlag ließ die amerikanische Botschaft beben, und Einmalwindeln wurden knapp.

Archäologen vermuteten einen Gang unter dem Meer zur Kreuzritterburg von Sidon, Geld zur Erforschung blieb aus, in der Umari-Moschee blätterte Farbe von den alten korinthischen Säulen, das Wetter schlug um, es regnete im Sommer, die Mandelseife wurde ranzig und Yasinas Schwester Amara nicht schwanger. Sie war mit ihrem Mann Fuad bei ihren Eltern zu Besuch, hatte die Tahina-Paste versalzen und den Knoblauch vergessen.

Er habe keine Kinder, klagte Adel abends bei Tisch.

„Wieso nicht?" fragte der Großvater. Zum Essen zog er immer die Einmalwindel aus. Ein Herr sitze in ordentlichen Hosen am Tisch. Ohne Plastiktuch und Einlage.

Yasina blickte von seinem Teeglas zum Schritt und schob den Teppich zur Seite.

„Du hast keine Kinder?“ wiederholte der Großvater. Er zielte mit dem Goldknauf des Zedernholzstocks auf Adels Finger. „Wieso antwortest du nicht?“

„Weil es eine Redensart ist.“ Adel nahm sich von den Teigtaschen. Yasinas Mutter heulte schon wieder. Amara machte mit. Sie heulte auch. Mutter und Tochter. Zwei Frauen ohne Söhne. Eine Schande. „Wer keine Söhne hat, hat keine Kinder.“

„Neumodisches Zeug“, brummte al-Saboun. „Wo bleiben die Lammnieren?“

„Du hast sie bereits gegessen.“ Adel knuffte seine Frau. „Hör auf zu heulen. Ich müsste heulen. Ich bin kein wahrer Mann. Ein Mann ohne Kinder. Aber du heulst rum.“

Yasina brach ein Fladenbrot für den Großvater in Stücke. „Ich habe ihn eingeladen. Er kommt heute Abend. Der Fremde, der Seifenkäufer, Monsieur“, sagte sie.

Es wurde so still, dass man den Regen plätschern hörte.

„Regen?“ fragte die Mutter.

„Monsieur?" fragte der Vater.

„Das ist Großvater", sagte Yasina und schob den Teppich noch weiter fort.

Amara trocknete ihre Tränen. „Ein Fremder kommt? Wie sehe ich aus?"

„Dick", sagte al-Saboun. „Dicke Frauen bleiben kinderlos. Und dumm. Nur dumme Frauen heulen."

Amara erstarrte. Ihre Lippen im runden Gesicht verschrumpelten wie Zitronenschale in der Sonne.

„Da hörst du es", sagte ihr Mann.

„Wo er recht hat, hat er recht." Adel nickte Fuad zu und dann dem Großvater. Manchmal war der Alte klar im Kopf. Sie waren Männer, sie verstanden sich. Amara und die Mutter flohen in die Küche. Yasina kniete am Boden und wischte die Pfütze unter Großvaters Stuhl fort. An der Tür klingelte es. Yasina sprang auf. Sie war schneller als Adel und Fuad zusammen.

„Störe ich?" fragte Mons.

Er trug wieder einen Anzug. Viel zu heiß für das Wetter. Yasina lächelte. Der arme Mann. Sie hielten ihn für einen Betrüger, Mädchenhändler und Mitgiftjäger, ob mit oder ohne Anzug. Er könnte auch nackt kommen.

„Ich mache Urlaub in Tyros", erklärte er. „Da habe ich deine Einladung gerne angenommen." Er schob ihr ein Buch zu. „Grundlagen der Chemie", flüsterte er. „Lass es verschwinden."

„Was ist los?" rief Adel und drängte sich vor.

„Wir streiten wieder", antwortete Yasina. „Und Großvater macht die Hosen nass. Kommen Sie, Monsieur. Trinken Sie Tee mit uns."

Mutter erschien mit Mandelkrokant. Amara brachte den Tee. Sie trugen wieder Kopftücher über dem schwarzen Haar.

„Dein Kopftuch!" sagte die Mutter und wollte Yasina hinausschieben.

Yasina wehrte sich. „Jetzt hat er mich schon gesehen." Sie verschränkte die Arme und blieb sitzen.

„Du bekommst Prügel", sagte ihr Vater mit sanftem Lächeln.

„Der Fremde versteht Arabisch." Yasina lächelte auch. „Er hört, wie du mir drohst. Wenn du mich prügelst, lauf ich davon."

Sie blieb, wo sie war. Ihr schwarzes Haar fiel ihr in einem dicken, lockeren Zopf über den Rücken mit der weißen langen Hemdbluse. Sie pries ihre Seifen an. Das rötete ihre Wangen und ließ die Augen glühen. Sie kannte jede Zutat, sie wusste über die Wirkung Bescheid. Sie sprach von den reinigenden Seifen und solchen bei Hautproblemen. Sie unterschied zwischen Akne und Ekzem. Sie empfahl Seifen aus Salbei bei heftigem Schwitzen und Seifen mit Zitronenmelisse bei Traurigkeit. Sie holte die Prospekte herbei. Sie legte die Angebote vor, sie verwies auf Neuschöpfungen mit Thymian- und Minzeduft. „Das ist im Kommen. Menschen wollen sich nicht nur rein, sie wollen sich auch gesund fühlen. Sie atmen den Duft ein und fühlen sich befreit. Belüftet", verbesserte sie sich.

Mons lächelte ihren Vater an. „Das gefällt mir." Er zog ein Notizbuch hervor. Yasina brachte den Laptop. „Bestellen Sie nicht soviel, Monsieur. Nehmen Sie erst eine Probe. Testen Sie das Kundenverhalten. Großvater", fragte sie. „Haben wir noch das alte Anis-Oliven-Rezept?"

Al-Saboun spulte die Rezeptur hinunter. Die Worte flossen ihm aus dem Mund. Yasinas Finger eilten im Takt dazu über die Tasten. „Monsieur, wollen Sie auch diese Seife? Es dauert Wochen, sie herzustellen."

Mons nickte. Das habe Zeit. Vielleicht entdecke man noch mehr alte Rezepte?

Mutter und Amara klapperten in der Küche mit Geschirr. Fuad hatte sich abgewandt und ließ den Fernseher laufen. Adel saß wie versteinert am Tisch. Er blickte auf Yasinas Haar. Wie ein dunkler Strom floss es ihr über den Rücken. Es folgte ihren Bewegungen, schwang mit jeder Geste mit, lockend, duftend, unberührt. Wenn Männer von Schönheit sprachen, dachten sie an das Haar ihrer Frauen. Wenn sie von Sünde sprachen, an das Haar Fremder. Kein Mann sollte an Yasinas Haar denken vor ihrer Zeit. Tiefer Schmerz ergriff Adel, seine Tochter so unverhüllt zu zeigen. Zart und rein schimmerten Nacken und Hals. Dies war dem Bräutigam vorbehalten und jetzt an einen Fremden vertan. Niemand sollte sie so sehen. Nicht einmal er.

Mons war in die Prospekte vertieft. Wühlte ihn Yasinas Anblick nicht auf? Was für eine Beleidigung!

Oder sah er sie jetzt lüstern an? Adel bebte. Missachtung und Laster zugleich saßen hier am Tisch und verbargen sich hinter einer Bestellung.

„Das ist zuviel, Monsieur", wehrte Yasina ab.

„Könnt ihr nicht liefern?"

„Seifen können Aroma und Farbe verlieren."

Mons zog Fotos hervor. „Sehen Sie." Er hielt sie Adel hin. „Mein Geschäft. In dieser Stadt. Und hier. Das ist meine Filialleiterin. Das ist mein Partner. Und hier sehen Sie meine Frau. Sie hat acht Angestellte."

„Sie arbeitet?" Adel nahm das Foto zur Hand.

„Ja. Sie vertritt den asiatischen Raum. Ich kaufe im Nahen Osten ein."

„Wo ist Ihre Frau?"

„Hongkong", antwortete Mons. „Sie kauft in Hongkong ein."

„Und Sie machen Urlaub?"

„Nun ja, verstehen Sie. Urlaub und Geschäft."

„Urlaub ohne Ihre Frau?"

„Es geht nicht anders. Im Herbst fahren wir gemeinsam in die Berge und zum Jahreswechsel besuchen wir unsere Tochter in San Francisco."

„Amerika?"

„Ja. Leider. Das ist weit weg. Wir sehen sie selten. Sie arbeitet viel. Und freie Zeit ist knapp."

„Sie arbeitet nicht daheim?"

Mons lachte. „Seife! Das ist nichts für sie. Sie trainiert Hunde." Er sah Adel erbleichen. „Verstehen Sie, Hunde für besondere Aufgaben. Sie suchen Drogen oder Sprengstoff. Dabei hat sie ihren Mann kennengelernt, einen Polizisten."

„Und jetzt ist sie in Amerika?"

„Sie war schon vorher in Amerika. Zu einem Lehrgang."

„Allein?"

„Natürlich. Ich meine, sie hatte ihren Hund dabei."

Und Mons? Was war mit ihm? Berührte er diese Tochter mit Hund? Hatte er Kontakt zu den Tieren? Ein Hund war unrein. Adel überschlug die Bestellung gegen die Umstände, die ihnen Mons machte. Sie würden die Wohnung reinigen und räuchern müssen. Essraum und Wohnzimmer allemal und den Nachbarn zuliebe auch das Treppenhaus. Mons versuchte, in Yasinas Augen zu lesen. Yasina blickte auf den Tisch. Sie hatte ihn eingeladen.

Einen Mann, dessen Tochter Hunde hielt!

Der sie schutzlos in ein fremdes Land reisen ließ!

Der nicht dabei war, als sie ihr Bräutigam ansprach!

Dessen Frau in Hongkong war!

Stille breitete sich aus. Sie ging von Adel zu Fuad über und ergriff den ganzen Raum. Fuad hatte den Ton am Fernseher gedämpft und starrte auf die Mattscheibe. Amara heulte lautlos vor sich hin. Yasina dachte an die alten Seifenrezepte. Wenn man mit der Tradition brach, gingen sie verloren. Dann nahm man statt reinem Olivenöl billiges Fett, ersetzte die Kräuter durch künstliche Aromastoffe und rührte nichts mehr von Hand. Eins führte stets zum anderen. Sie saß hier ohne Kopftuch vor einem Fremden. Ihre Wangen glühten. Ihr Nacken prickelte. Sie fühlte sich schuldig.

„Sie schießen", sagte Großvater in das Schweigen hinein.

Noch größere Stille folgte. Nichts war zu hören.

„Nein. Ich höre nichts." Adel jetzt langsam im Gesicht von wachsbleich zu rot wechselnd, schüttelte den Kopf.

„Das ist eine Schande", donnerte Großvater und drosch mit dem Gehstock auf das Sitzkissen ein. „Kinder widersprechen ihrem Vater. So weit ist es gekommen. Ich sagte, sie schießen."

„Meinetwegen schießen sie." Adel rieb sich die Schläfen. Was für ein Tag!

„Ich höre nichts." Großvater legte den Kopf zur Seite und lauschte. „Wie kann der Tropf sagen, man würde schießen? Bist du noch richtig im Kopf? Du widersprichst immer, das ist dein Problem. Yasina soll das Geschäft leiten."

„Vater", sagte Adel leise und fest. „Das haben wir schon besprochen. Sie kann das Geschäft nicht leiten."

„Aber du, ja? Du hörst die Leute schießen und rennst davon. Du lässt alle Türen offen stehen, und jedermann kann zum Plündern kommen. Der Wind weht die Bestellungen fort, nur weil ein paar Schüsse fallen. Yasina wird die Geschäfte führen."

„Nein, Vater. Das verbietet unser Familiengesetz. Yasina ist kein Mann."

„So?“ Al-Saboun erhob sich. „Das sind alles neue Bestimmungen. Wir dürfen nicht mehr machen, was wir wollen. Früher war alles besser. Die guten alten Traditionen, alles wird geändert, alles muss modern sein.“ Er stand schwankend am Tisch.

„Das ist ein altes Gesetz. Es ist sechshundert Jahre alt.“

„Sechshundert Jahre!“ Al-Sabouns Hände umklammerten den Gehstock. „Neumodisches Zeug. Cleopatra war Königin. Sie war eine Frau. Das ist Tradition! Aber ihr müsst alles modern machen. Wie in Amerika. Alles muss nach den Amerikanern gehen.“

„Ja, Vater.“ Adel half dem Alten zur Tür.

Auch Mons hatte sich erhoben. „Nehmen Sie bitte meine Bestellung auf. Vielleicht werde ich sie noch ergänzen. Ich muss das mit meiner Frau besprechen.“

„Zweitausend Stück Seife?“ Yasina sah die aus Palmblatt geflochtenen Kisten vor sich, die eine über der anderen gestapelt. Sie hörte das Rascheln von Geld. Und ihr Vater? Vergaß er darüber das Fehlen des Kopftuchs, die Tochter mit dem Hund, sogar den Fremden selbst?

Adel brachte ihn zur Tür und bis auf die Straße hinaus, fort, so weit wie möglich.

Sie schrieb eine Rechnung, schloss den Drucker an, legte die Bestellung auf den Tisch, räumte den Laptop fort, stapelte die Prospekte und ging in ihr Zimmer. Ihre Mutter stand dort. Sie hielt einen Besen in der Hand. Zuerst traf sie der Stiel am Kopf. Yasina ging in die Knie und schützte ihr Gesicht. Ihre Mutter riß sie am Zopf und schlug ihr die Faust auf die Lippen. Sie trat Yasina in den Bauch und hämmerte auf ihren Rücken ein. Durch einen Nebelschleier aus Tränen und Blut sah Yasina Amara im Türrahmen stehen. Fuad eilte dazu und grinste. Sie sah ihren Vater kommen.

„Genug“, sagte Adel. „Sie muss morgen arbeiten.“

III.

Die Pilger wussten nicht, dass Seife geschnitzt wurde. Yasina trat hinzu. „Qasimi, die Myrrhenseife!“ Unter seinen Fingern verwandelte sich ein braunes Viereckstück in eine Madonna mit Kind. Die Pilger klatschten. Harziger Duft stieg auf. Es roch nach Reinheit und Gebet. Die Pilger umringten Yasina, diese junge Frau mit Kopftuch und modischen Jeans. „Jeder Duft hat eine Geschichte.“ Mit ihrer melodischen Stimme ließ Yasina die drei Weisen zu Christi Geburt auftreten, beladen mit Gold, Weihrauch und Myrrhe. Fast glaubte man, sie wären hier durch die alten Hallen geschritten, hätten im Schatten der Maulbeerbäume geruht und dem Meeresbrausen vor der Küste gelauscht. Nicht, ohne sich hier am Brunnen der Reinigung zu widmen, ehe sie das Christkind besuchten.

Yasina nahm die Stücke aus Honig, Milch und Rosmarin auf. „Palästina“, erklärte sie, „das Heilige

Land." Sie ließ blaue Seifenstücke, die wie Perlen auf Schnüre gezogen waren, durch ihre Finger gleiten.

„Lavendel?" fragte eine junge Frau. „Frankreich?"

„Galiläa", antwortete Yasina. „Kana, die Hochzeit zu Kana. Kommen Sie mit." Sie schritt den Pilgern durch die Gassen der Altstadt voraus. „Kana liegt im Süden des Libanon, in den Bergen östlich von Tyros."

Ein Mann blätterte im Führer. „Sperrzone", las er vor. „Da dürfen wir nicht hin."

„Gemäß den Evangelien hielt sich Jesus mehrmals in Sidon auf", fuhr Yasina fort. „Seine Apostel und die Jungfrau Maria begleiteten ihn. Sie zogen auf der römischen Straße von Jerusalem nach Sidon über Kana und Marjayoun, das alte Caesarea Philippi."

„Marjayoun?" der Mann blätterte weiter im Führer. „Die Hochburg der Hisbollah? Das sind Schiiten. Was machen die da?"

„Sie leben dort", erklärte Yasina, „seit es Schiiten gibt." Sie wies auf einen sitzhohen Stein in der Gasse der Altstadt. „Hier soll Jesus geruht haben."

„Stimmt das?" Eine Pilgerin kniete nieder.

Keiner sprach, niemand raschelte oder räusperte sich. Ein Händler mit Wasserkrug und Trinkbecher verhielt den Schritt. Ein Junge mit Holzkohle wartete, bis Yasina ein Zeichen gab. Dann gingen sie weiter.

Im Schatten alter Steinbögen zwischen den Ständen des Obst- und Gemüsesouk wies Yasina auf eine gebeugte Frau in einem langen Kleid mit Blumenmuster. Ein schwarzes Kopftuch war lose um die Stirn geknüpft. Graue Strähnen fielen ihr ins Gesicht. Ein Korb mit Kräuterbüscheln stand zu ihren Füßen, Bienen umschwirrten ihn. Das Aroma ätherischer Öle umgab die Frau. Strich sie das Kleid zurecht, stieg Salbeiduft auf. Griff sie nach ihrem Korb, roch es nach Kreuzkümmel und Lorbeer. Ein Bäckerlehrling kaufte Koriander. Mehlstaub legte sich auf das Pflaster. Ein Geschäftsmann verlangte ein Bündel Rauke für den Salat. Es roch würzig und beißend scharf. Von nebenan schwebten die Aromen gegrillter Auberginen herüber. Die Pilger wurden unruhig. Zeit, Essen zu gehen.

„Mariyam", bat Yasina rasch. „Zeig uns deine Schätze."

Die Alte zog einen Korb heran. Lavendelblüten lagen dort, Thymianbüschel, Rosmarinzweige und Distelblüten. „Aus Kana und Marjayoun“, erklärte Yasina. „Jeden Morgen pflückt Mariyam die Kräuter. Die ganzen Hänge zwischen Bint Jbail und Hermon blühen jetzt. Sie beliefert auch uns. Unsere Produkte werden mit ihren Kräutern gemacht. Wenn Sie Kana besuchen und die Heilige Grotte sehen, wandern Sie durch eine Landschaft, die einem Duftgarten gleicht.“

Die Pilger tuschelten. „Kana ist gesperrt. Dort soll es Unruhen geben.“

Yasina wechselte rasche Worte mit Mariyam. „Stimmt“, sagte sie. „Es wurde geschossen. Vor zwei Wochen oder gestern. Sie weiß es nicht genau. Dort wird immer wieder geschossen.“

Die Pilger kauften den Kräuterkorb leer. Zitronenthymian und Zistrose verschwanden raschelnd in Handtaschen. Rosmarinzweige wurden in Jacketts gesteckt und Lavendelblüten in Beutel gestreut. Mariyam rief etwas zum Obsthändler an ihrer Seite hinüber. Der gab den Ruf weiter. Ein großer junger Mann in weißer

Hose und Hemd drängte sich durch die Menschen. Er schleppte eine Kraxe herbei. Sie war voller Kräuter.

„Das ist Saláh", erklärte Yasina. „Mariyams Neffe."

Die Pilger waren begeistert. Der junge Mann war hübsch. Er sprach fließend englisch und französisch. Er trug saubere, schlichte Kleidung, war braungebrannt und muskulös. An seinem linken Handgelenk trug er ein Stoffarmband, mit winzigen lilafarbenen und hellblauen Kreuzstichen verziert. Er erklärte, er arbeite am Strand. Dort baue er zusammen mit seinen Freunden ein phönizisches Schiff. Eine Bireme. Ein Boot aus biblischen Zeiten, als Tarsisschiffe König Salomon das Zedernholz zum Tempelbau brachten. Nächstes Jahr könnten die Touristen auf dieser Bireme von Sidon nach Tyros segeln. Wie zu den Zeiten der Phönizier. Die ersten Kameras wurden gezückt. Mariyam und Saláh wehrten ab. Keine Fotos, bitte! Die Touristen waren enttäuscht. Nur zur Erinnerung, baten sie. Für die Fahrt mit der Bireme. Man könne ja nicht wissen, ob man ihn nächstes Jahr wiedersehen würde. Er schwieg, blickte irgendwo hin. Er schien ein wenig schüchtern zu sein. Er sah nicht einmal Yasina an. Er stand neben seiner Tante und folgte ihren Anweisungen. Die Touristen ließen sich noch mehr Kräuter zeigen. Saláh ging fort und kaufte Fladenbrot bei einem Bäcker, der seinen Brotkarren durch den Souk schob. Er streute ein Gewürz darauf und bot es den Pilgern an. „Diese Gewürzmischung heißt Satar. Meine Tante sammelt die Kräuter an der Grenze, wir trocknen und zerstoßen sie. Das Brot wird dadurch schmackhafter."

Das Gewürzbeutelchen kostete fünfhundert libanesische Pfund. Für einen Euro gab es drei Beutelchen. Für zwei Euro acht. Wer von den Pilgern kochen konnte, verdrehte die Augen vor Wonne. Damit ließ sich auch Fleisch würzen. Das gab dem selbstgemachten Sugo den richtigen Pepp und dem Tomatensalat die exotische Würze.

„Stopp", sagte der Pilger mit dem Führer in der Hand. „Die Geschichten stimmen nicht." Er zeigte die Karte des Libanon herum. „Sie wollen nur verkaufen. Das Land, wo sie angeblich Kräuter sammeln, ist vermint. Keiner geht dort hin. Wahrscheinlich kommt ihr Krempel aus dem nächsten Supermarkt, und hier verscherbeln sie das Zeug fürs Doppelte. Und Kana liegt bei Nazareth."

Die Pilger rückten von Saláh und Mariyam ab.

„Es hat immer schon Pilgerzüge ins Heilige Land gegeben", erklärte Yasina. „Eines Tages hat die Kirche beschlossen, ein Kana bei Nazareth zu benennen, weil es für die Pilger leichter zu erreichen war. Es lag auf der Strecke. Das echte Kana liegt im Libanon. So wie ich es Ihnen gesagt habe. Aber das Land ist vermint. Das stimmt schon. Mariyam kennt sich dort aus. Sie folgt einer Legende." Yasina nahm Distelblüten zur Hand. „Das ist die Mariendistel. Ihre Blätter sind leicht zu erkennen. Sie sind weißgrün marmoriert. Man sagt, sie erblühe überall dort, wo Maria, die Mutter Jesu, den Fuß auf den Boden gesetzt hat. Die Mariendistel ist ein wichtiges Heilmittel bei Lebererkrankung. Und heute ist es so, dass dort, wo Disteln wachsen, keine Minen vergraben sind. Mariyam folgt den Fußspuren der Maria."

Die Pilger kamen wieder näher. Eine Frau kaufte Mariendistel. Die anderen Damen drängten sich um

Saláh. Ob er ihnen die Bireme zeigen könne? Er war so groß und stattlich. Er roch nach Kräutern. Er hatte blitzende schwarze Augen und dichtes Haar. Das Weiß von Baumwollhose und Hemd war makellos. Aber er lachte nie, egal, was sie sagten. Das faszinierte sie.

Ein toller Bursche, würden sie daheim erzählen. Ein bisschen zurückhaltend. Schade, dass man kein Foto habe, so Arm in Arm mit dem ansehnlichen Kerl.

„Die Hügel an der Grenze werden von den UNIFIL-Truppen kontrolliert. Die lassen keinen durch." Der Pilger mit dem Führer ließ sich nicht beirren. Er rief seine Frau herbei, die ihr Portemonnaie gezückt hatte. „Lass das. Wir kaufen nicht."

„Es ist mein Land", sagte Mariyam plötzlich aufgebracht. Ihr Französisch war nicht schlecht. Jeder konnte sie verstehen. „Ich gehe vor Sonnenaufgang los und sammle Kräuter. Davon lebe ich. Ich kenne jeden Stein auf meinem Weg Richtung Zuhause. Nach ein paar Stunden habe ich den Gipfel erreicht. Dann schaue ich nach Palästina hinüber. Hinter dem Stacheldraht kann ich meinen alten Ölgarten sehen. Dort leben jetzt rothaarige Siedler. Morgens kommt der Bus und bringt die Kinder zur Schule. Die Frau geht meist in den Garten. Sie weint ziemlich oft. Vielleicht hat sie Heimweh. Abends singen sie alle zusammen traurige Lieder. Sie können gut singen. Die Olivenbäume sind abgeholzt. Wegen des Zauns und der Panzerstraße davor. Sie bauen jetzt Aprikosen an. Die brauchen viel Wasser. Dieses Jahr ist es zu heiß. Die Ernte ist schlecht."

„Palästinenser?" fragte der Pilger mit dem Buch und zeigte auf Mariyam und Saláh. „Habe ich das richtig verstanden? Ihr seid Palästinenser? Terroristen?"

„Flüchtlinge", rief Yasina dazwischen. „Aus dem Flüchtlingslager von Tyros."

Die Pilger rückten von Mariyam ab. Sie blickten Saláh erschrocken an. Schnell steckten sie die Geldscheine weg und gingen von den Kräuterständen fort. Sie sahen sich um. Zwei Frauen nahmen sich bei den Händen. Eine andere hob die Kamera. Ihr Mann packte sie am Arm und zog sie fort. Mariyam blickte auf ihre Kräuter. Saláh verschwand zwischen den Menschen der Gasse. Eine Pilgerin sah ihm nach. „Wieso ist er in Weiß gekleidet? Hat das was zu bedeuten?"

„Er ist ein Fedayin." Yasina suchte nach einer Erklärung. „Hier drin." Sie wies auf ihr Herz. „Er hat geschworen, Palästina nie zu vergessen. Fedayin heißt Freiheitskämpfer."

„Ein Selbstmordattentäter!" schrie die Frau. Die Pilger machten einen Satz zurück. Sie drehten sich um und rannten die Gasse hinunter. Eine Frau verlor ihre Sonnenbrille. Ihr Begleiter blieb stehen, blickte zurück, sah die Brille, zögerte und rannte weiter. Ein Melonenhändler zog einen Karren heran. Die Räder quietschten und rumpelten über die Gasse. Die Brille zerbrach.

IV.

Am Hafen, gleich gegenüber vom Seekastell aus Kreuzritterzeiten, stank es nach Fisch. Yasina ging schneller. Wenn sie hier abends mit Großvater vorbeikam, war der Geruch längst verflogen.

„Großvater", sagte sie im Khan al-Saboun. „Ich brauche Geld."

Der Alte schrak aus seinem Halbschlaf auf. Warum sprach sie so laut?

„Unsere Seifen verlieren ihr Aroma. Ich muss das ändern. Ich muss Chemie studieren."

„Alles ist da drin." Er hob seinen Stock und tippte gegen ihren Kopf. „Da ist noch nie etwas herausgefallen. Ich weiß es von meinem Großvater, und du weißt es von mir. Man nennt mich Abu al-Saboun. Nie hat sich jemand über meine Seifen beklagt."

„Wenn wir Seifen nach Europa verkaufen, müssen sie den Duft bewahren können."

„Europa?" fragte er. „Ist das wichtig? Du willst nicht arbeiten, das ist es. Du schlägst nach deinem Vater. Er schwätzt herum. Geh und mach die Kisten für den Emir von Katar fertig. Rosenduft und Gardenienblüte, ein gebildeter Mann. Von Chemie hat er nichts gesagt. Neumodisches Zeug. Bring mir einen Tee!"

„Es ist noch Tee in deinem Glas, Großvater. Und die Kisten für den Emir habe ich längst gepackt."

„Willst du Streit? Bekommst du keinen Mann? Warum bist du nicht verheiratet? Du wirst immer älter. Ich kann es sehen. Du hast genug Goldketten um den Hals. Warum will dich keiner? Wo bleibt mein Tee?"

„Chemie ist nicht modern. Es ist uralt. Wir haben es erfunden. Al-Chemie", buchstabierte Yasina. „Das ist arabisch. Das will ich lernen. Die alte arabische Kunst, einen Stoff zu verwandeln."

„Als ich gegen die Drusen gekämpft habe, hatte ich alles im Kopf und in meiner Truhe. Sie birgt ein Geheimnis, das uns Seifensieder am Leben erhält. Seit vielen Generationen schon. Bring sie mir!"

Yasina ging fort. Die Zedernholztruhe stand neben dem Regal mit den Seifenrohstücken, aus denen Qasimi die Schnitzereien fertigte. „Die Truhe?“ fragte er, ohne seinen Blick von einer mehrblättrigen Blüte zu nehmen, die unter seinen Fingern aus milchweißer Jasminseife entstand. „Ist es wieder soweit?“

Yasina bot Kunden nach Veilchen duftende Seifenstücke für die Dame und nach Wacholder duftende für den Herrn an. Vielleicht vergaß Großvater die Truhe.

„Die Truhe“, brüllte er so laut, dass ein kleine Junge neben seiner Mutter zu weinen anfing.

„Qasimi!“ rief Yasina und ließ die Seifenstücke fallen. „Bediene weiter!“ Großvater tastete auf dem Boden herum. Er suchte nach einem faustgroßen Stein und fand keinen. Vor Monaten schon hatten sie alle Steine aus seiner Reichweite fortgeräumt. Er griff nach seinem Stock. Wenn sie nicht schnell genug war, würde er den Prügel werfen. Er sah fast nichts mehr. Aber er wusste genau, wo sie stand. Er konnte sie riechen. Jedenfalls behauptete er das. Yasina zerrte die Truhe hervor. Sie hatte Angst um das weinende Kind. Großvaters Gehstock war hart und wuchtig. Damit hatte er letztes Jahr einem Dieb den Arm zertrümmert. Das Geräusch brechenden Knochen hatte sie bis in den Schlaf verfolgt.

Die Truhe war schwer. Er würde hören, wenn sie das Zedernholzding über die Platten zog. Sie musste sie tragen. Er bestand darauf. Die Truhe war schön. Niemand zweifelte daran. Doch alle hassten das Biest. Und jeder wollte sie haben. So war das, wenn man begehrte, was nicht zu haben war und dies ein Geheimnis barg. Kein Mensch kannte den Inhalt. Sie sei leer, behauptete Yasinas Vater. Als Kind hatte er einen Blick in die Truhe erhascht. Ein einziger Zettel liege darin, nichts weiter. Vom Großvater ertappt, der damals noch ein junger Mann und ganz richtig im Kopf war, setzte es Prügel. Von nun an blieb die Truhe verschlossen.

Jeden Morgen musste sie ins Geschäft geschleppt und am Abend nach Hause getragen werden. Das war Qasimis Aufgabe. Morgens hin, abends zurück, zwischendrin ins Café, zum Schwätzchen mit dem Nachbarn, am Hafen entlang, über die Kais zurück, manchmal in die Karawanserei der Franken, die wieder aufgebaut, buntes Touristentreiben und reichlich Schatten bot, dann hinauf auf die Mauerreste aus Murexschnecken aus phönizischen Zeit, wo Archäologen gruben, hinüber zu den Schuhputzern, wöchentlich zum Barbier, auch quer durch den Obstsouk bis zu den Zuckerbäckern, die Sidons Ruhm begründeten, an Rosenwasser und Orangencreme entlang über die Parfümeure bis zu den Fischern hin. Manch Taxifahrer kannte sie, der Muezzin nicht minder, der Führer aus der Kreuzritterburg, der Postkartenverkäufer, Falafelbäcker und Granatapfelpresser. Qasimi wusste um jede Maserung der Truhe und jede ihrer Mucken. Wie sie sich bei drückender Schwüle anfühlte, bei beißendem Winterwind, in Hitze und Sonne mit glühenden Beschlägen und abends beim Tragen mit ermüdeten Armen. Allein deshalb behielt man den Seifenschnitzer. Das Schnitzwerk brachte nicht viel. Man schätzte die Muskeln dieses Mannes, seine Willigkeit und wahrhaft göttliche Geduld. Wie ein zu groß geratenes Wickelkind schleppte er die Truhe herum, auf direktem Weg von einem Plätzchen zum anderen. Im Sommer ins Kühle, im Winter ans Öfchen, nicht zu nahe heran, versteht sich. Nur beim Moscheebesuch blieb sie im Khan.

Al-Saboun lauschte Yasinas Schritten. „Wenn ich bei den Drusen so langsam gewesen wäre wie du heute, hätten wir unsere Seifensiederei verloren", knurrte er. Er tastete nach der Truhe zu seinen Füßen. Seine knochigen Hände liebkosten die abgestoßenen Kanten mit den Intarsienarbeiten und Schnitzwerken.

Yasina wartete. Um 1860 war es im Libanon zu erbitterten Kämpfen zwischen Drusen und Maroniten gekommen. Großvater war weder Druse noch Maronit. Und er war auch nicht über hundertsechzig Jahre alt. Von dieser Schlacht in den Chouf-Bergen südlich von Beirut hatte ihm jemand erzählt. Er kochte sie mit seinen Gedanken ein wie Fett und Pflanzenasche, woraus man Seifen herstellte, und verfeinerte und färbte sie mit seinen Erinnerungen an die Geschichtenerzähler aus den Cafés der Altstadt, der Medina, dem Herzen Sidons.

„Alles wäre verloren gewesen, hätte ich diese Truhe nicht und ihr Geheimnis. Alles, was du wissen musst, ist hier drin."

Yasina blickte zu den Kunden hin. Qasimi hatte alle Hände voll zu tun. Er warf ihr auffordernde Blicke zu. Sie hob die Schultern. Was konnte sie tun? Großvater streichelte die Truhe. Jetzt schüttelte er sie und lauschte einem fernen Rascheln, das nur er vernahm. Das berühmte Geheimrezept. Gleich würde er die Geschichte von seinem heldenhaften Kampf gegen die Franzosen erzählen, bei dem es ihm nicht nur um die Unabhängigkeit des Landes, sondern auch um das famose Rezept gegangen war. Yasina rechnete nach. Das lag achtzig Jahre zurück. Auch das hatte Großvater nie erlebt. Er summte jetzt vor sich hin. Sie warf der Kundenschlange bedauernde Blicke zu. Schon zwirbelte Großvater den Schnurrbart. Gleich kommt es noch schlimmer! Er würde zum Besten geben, wie er Seite an Seite mit Fakhr ad-Din, dem ‚Sultan des

Libanon' gegen die Osmanen geritten war. 1633, dachte Yasina. Die Geschichten des Libanon und jene der Truhe. Sie gingen Hand in Hand. Und Großvater war überall dabei gewesen. Yasina kannte alle Anekdoten und Daten. Keine Schlacht ohne die Truhe! Dabei war sie leer. Das Blatt Papier war längst verfallen. Warum auch nicht? Bewährte Rezepte waren auf CDs gebrannt und im Bankfach verstaut. Gold war nicht in der Truhe. Kein Mensch hätte sie dann noch tragen können.

Fuad, ihr Schwager, hatte einmal vorgeschlagen, einen Ersatzschlüssel anzufertigen. Wenn die Truhe einen Schatz enthielte, hatte er argumentiert, sei es unverantwortlich, diesen dem Alten zu überlassen.

Damals war ihr Vater zusammengezuckt, als hätte ihn heißes Ätznatron beim Seifenkochen getroffen. Dass Fuad ein solches Ansinnen äußere, käme von seiner syrischer Verwandtschaft, hatte Adel gekeucht. Und eine Fülle von Flüchen auf Syrien, die Baath-Partei, die Besetzung des Libanon durch syrische Truppen und die Habgier des Nachbarlandes, das beständige Schielen auf den Reichtum des Libanon, auf seine Süßwasserreserven, seine Zedernwälder und die Häfen zur Welt, sein politisches Konzept, die Vielfalt der Religionen, den Anschluss an den Westen, die Meinungsfreiheit, die Ungezwungenheit der Boulevards, die gepflegten Uferpromenaden, die sauberen Strände, die luxuriösen Läden und Hotels, das ausgezeichnete Essen, die kulturellen Schätze und die glorreiche Vergangenheit, hatten den Abend verdorben.

Jetzt war Großvater dabei, die Kunden zu vertreiben. Seine Einmalwindel war voll. Yasina konnte es riechen. Er ließ von der Truhe ab und blickte sie mit milchigen Augen an. In größter Not hatte er im Bürgerkrieg ohne Schutzbrille in der Siederei gearbeitet. Diese Geschichte stimmte. Spritzende Natronlauge hatte seine Hornhaut getrübt. Jetzt sahen seine Augen wie Seifenstücke aus.

„Mein Sohn bekommt sie nicht", bestimmte er. „Du sollst sie haben." Yasina hob sie auf. Die scharfen Kanten schnitten in ihre Hände. Großvaters klauenartige Finger schossen vor und griffen nach ihr. „Wenn ich tot bin. Solange musst du noch warten. Du kannst es kaum erwarten? Hier ist mehr Reichtum drin als drüben bei Assad in seinem Goldladen. Jetzt will ich schlafen gehen. Adel," rief er in den hellen Nachmittag hinein. „Was hast du nur für eine Frau? Die Sonne geht unter, und das Essen steht noch nicht am Tisch!"

Abends gingen sie Seite an Seite heim. Yasina liebte diese Spaziergänge. Großvaters Hosen waren sauber, er duftete nach Zeder und Sandel, wie es sich für al-Saboun gehörte. Die Händler im Souk grüßten ihn artig. Meist legte er am Meer eine Pause ein und trank ein Schälchen Kaffee. Sein getrübtes Augenlicht erlaubte Yasina hierhin und dorthin zu blicken. Wohin sie auch sah, ihre Augen fanden Saláh. Von weitem erkannte sie die weiße Kleidung, den dunklen Schopf, das schnelle sich Abwenden, kam sie des Wegs. An Abenden, die sie die glücklichen nannte, war er nicht flink genug fortzusehen. Dann trafen sich ihre Blicke für einen kleinen Moment großer Ewigkeit. Meist stand er am Meer, nachdenklich und ernst in seine Bireme vertieft. So behielt sie ihn auf die Netzhaut gebrannt, bis sie ins

Bett ging und sein Bild mit in ihre Träume nahm. Am heutigen Abend blieb Großvater am Ufer stehen und blickte zu den Bootsbauern hinunter. „Was treiben die Kerle da?“

Yasina lächelte an ihm vorbei bis hinüber zu Saláh. „Sie bauen eine Bireme.“

Großvater musste sie nicht erklären, aus welcher Zeit dieses Schiff stammte. Legte sich in den Sommermonaten die Hitze erstickend auf Sidon, kamen Touristen keuchend in den Schatten der alten Gewölbe im Khan gewankt und baten um Rast. Dann zwang er Yasina, den erschöpften Fremden zu erzählen, wie er einst in einer Bireme über die Meere bis Karthago gesegelt sei. Wenn ihr Vater den Faden aufgriff und echte phönizische Seife anpries, deren Rezeptur auch die punischen Kriege überlebt habe, wurde er wütend und nannte ihn einen Schwätzer und einen Esel von Sohn. Großvater hatte ein feines Ohr für die Geschichten der anderen. Und eine noch feinere Nase. So auch jetzt. Er hieb mit dem Stock auf den Boden. „Grins ihn nicht an! Er ist Palästinenser. Ich kann es riechen. Die waschen sich nur mit billigster Seife.“

Die Fischer hoben erschrocken die Köpfe. Wie konnte man zu einem glücklichen Fang ausfahren, wenn am Kai ein alter Mann stand, die Palästinenser verfluchte, wie einst Noah, der Stammvater der Menschheit, seinen Knüppel schwang, gegen die Nahostpolitik wetterte, den englischen Premier als Schwanzspitze eines Hundes verdammte, die Amerikaner vermaledeite, die Saudis, die hier goldbehangen flanierten, barfüßige Kameltreiber nannte, die weder lesen noch schreiben, nur Geld zählen könnten und seiner Enkeltochter drohte, sie eigenhändig hinzurichten, würde sie einen Palästinenser ehelichen. „Denn sie haben keine Bürgerrechte", schrie er vor Wut ganz heiser geworden. „Und sie dürfen weder Haus noch Heimat haben oder gar studieren, einen Beruf erlernen und sich selbständig machen. Geschweige denn, in ihre Heimat zurückkehren. Seit drei Generationen schon. Wenn du diesen Bettler und Habenichts heiratest, fällt unser ganzer Besitz an den Staat. Und Lahoud, unser christlicher Präsident und Sohn einer langohrigen Hündin ..."

Schon wurde ein schläfriger Polizist aufmerksam. Er hörte auf, sein Stöckchen gegen den Karren einer alten Händlerin zu schlagen und schlenderte zu al-Saboun hinüber.

„Großvater", flehte Yasina. „Die Nierchen werden kalt!"

Jetzt eilten sie weiter. Mit mächtigen Schritten ging es heimwärts. Saláh war längst verschwunden. Auch seine Freunde gingen fort.

„Ich will nicht heiraten", fauchte Yasina. „Ich will Chemie studieren." Der ganze Tag war verdorben. Sie reckte das Kinn vor, nahm ein Stück Seife aus ihrer Tasche und hielt sie dem eilenden Großvater hin. „Riech mal. Das sind unsere Produkte. Sie verlieren das Aroma."

„Brennt es?" Der alte Mann blieb zitternd stehen. Seine große knochige Gestalt schrumpfte neben Yasina. „Werfen sie Phosphorbomben? Du musst dich ganz klein machen. Dann braust der Feuersturm über dich hinweg."

„Ja, Großvater. Lass uns heimgehen."

„Es geht um Arafat", flüsterte er. „Sie werfen Bomben auf uns Zivilisten, damit wir Arafat aus dem Libanon jagen."

Yasina griff nach der Hand des alten Mannes. „Das ist vorbei, Großvater. Arafat ist längst fort. Seit vielen Jahren schon. Inzwischen ist er gestorben."

Mühsam humpelte der Alte weiter. Yasina sah die Menschen nicht, die ihm auswichen. Sie starrte auf den grauen Asphalt zu ihren Füßen. Schritt für Schritt ging er dem Wahnsinn entgegen. Und sie ging mit.

An ihrer Haustür blieb er stehen. „Mein Sohn ist ein Esel. Ich sagte es schon. Wo arbeitest du, mein Kind?"

„Im Verkauf, Großvater."

„Du musst ihn kontrollieren. Er will das schnelle Geld."

Yasina half ihm über die Türschwelle. In der Kühle der marmornen Eingangshalle hielt er den Schritt an und begann eine Rede. Sein Gesicht rötete sich, der Bart zitterte: „Das schnelle Geld!"

Von Adels Gier spannte er den Bogen zur libanesischen Regierung und sprach von Korruption und Bankierswesen. Die Verbindungen zu Washington wurden durchleuchtet, die Geldhaie entlarvt, die Bares aus dem Waffengeschäft hier in Drogen investierten, was gute Dollar brachte und sich wieder in Waffen verwandelte. Ein ewiger Kreislauf.

Die Nachbarin kam die Treppe hinunter und zog einen Dreijährigen neben sich her, der brüllte und nach Bonbons verlangte. Großvater grüßte und machte eine Pause. Yasina hoffte auf das Ende der sattsam bekannten Geschichte, doch er fuhr fort.

„Nur wenn man beide Seiten versorgt, fließt wirklich Geld. Ganz ohne Waffen macht die Hisbollah keinen Sinn", philosophierte er. Waffenherstellung stärke die Industrie und schaffe Arbeitsplätze. Ein Leben ohne Waffen in Nahost brächte die Börse ins Wanken. Das gälte es zu verhindern. Daran sei die halbe Welt interessiert. Ab und zu ein Toter am Grenzzaun, mal auf der einen, dann auf der anderen Seite, ein wenig Krieg im Krisengebiet, das belebe die Wirtschaft. Nicht hier, nicht dort, aber jenseits des Meeres.

„Ja“, sagte Yasina und hörte Großvater schnaufen.

Adel koche die Seifen zwar nach altem Rezept, keuchte er und vergaß den globalen Filz, das doppelte Maß, Kriegstreiberei, Medienlüge und Einseitigkeit. Doch er ließe sie nicht in Decken gewickelt im Regal schlafen, wie es sich seit altersher bewähre. Das könne er riechen. Deshalb rieche es brandig. So einer sei er, sein Sohn. Dieser Esel stecke die Seifen in einen Backofen. Da trockneten sie in Stunden und verlören Aroma. Das nenne man Raffgier. Dagegen helfe keine Chemie. So sei das mit der Seife. Man halte sich rein mit ihr oder gleite aus. Denn Seife passe zu allem, was im Leben geschähe, schloss er. „Besonders im Libanon.“

V.

Einmal in der Woche hatte sie nachmittags frei. Yasina ging mit ihren Freundinnen spazieren, trank frisch gepressten Obstsaft bei einem Straßenverkäufer, saß mit ihnen im Café, wanderte barfuß durch die Wellen am Strand, bis die Knöchel nass wurden, kaufte Falafel mit geschmortem Gemüse und Joghurtsoße und lachte, bis es Abend wurde. Stets folgte ihnen ein Pulk junger Männer, die Obstsaft beim Straßenhändler tranken, ins Café gingen, barfuß durchs Meer wateten, bis die Knie nass waren, Falafel aßen und lachten, bis die Nacht kam.

Das war vorbei. Sie begleitete die Freundinnen, solange Mutter sie sehen konnte. „Schluss damit", sagte sie hinter der Gasse. Sie habe keine Zeit mehr für so etwas.

Die Freundinnen kicherten. Dahinter stecke ein Mann. Ihre Wangen wurden rot und die Augen groß. Wie er heiße?

Yasina ließ sie stehen. Sie eilte zur Seifensiederei jenseits der Ruinen des Fakhr-Palastes. Seit Jahren war sie nicht mehr hier gewesen. Qasimi holte die Produkte in aller Frühe mit einem Karren ab und brachte sie zum Verkauf. Dort arbeitete sie. Doch sie hatte die Siederei gut in Erinnerung. In alten Gewölben standen Männer mit mächtigen Oberarmen und rührten stundenlang, bis die siedende Mischung einer Cremesuppe glich. Sie trugen Schutzbrillen, lange Kittel und Handschuhe. In den Hallen roch es nach Öl und Natron, nach Kräutern und Aromen. Warntafeln wiesen auf spritzende Seifenlauge hin. Besucher mussten Schutzkleidung anlegen und Brillen aufsetzen. Dafür war Tante Sana zuständig. Sie wohnte gleich neben der Siederei, hatte ihren ersten Mann noch vor dem Bürgerkrieg durch einen Unfall verloren und den zweiten bei Ausbruch des Krieges nach der Geburt ihres einzigen Sohnes. Dieser konnte Seifen nicht leiden. Allein der Geruch mache ihn wahnsinnig, behauptete er und zog nach Beirut. Das habe Tante Sanas Zunge geschärft, fand Yasinas Vater. Genau das Richtige, um jeden Besucher der Siederei in Schranken zu weisen. Er zahlte ihr dafür ein erbärmliches Gehalt, was Tante Sana nicht freundlicher machte.

Heute war sie nicht da. Die Eingangstür zur Siederei stand offen. Yasina trat ein. Sie blickte sich um. Nichts glich ihrer Erinnerung.

Die großen Seifentöpfe aus Emaille lagen staubbedeckt in einem Winkel, die Messlöffel aus Edelstahl waren auf den Boden gefallen und die Reifungsregale verwaist. Große Tanks hatten ihren Platz eingenommen. Yasina kannte die industrielle Seifenherstellung. Sie starrte auf die Verwandlung der alten Anlage und wusste Bescheid. Soweit war es mit der hochgepriesenen Tradition gekommen! Ihr Kopftuch juckte plötzlich. Es kniff sie in die Wangen und drückte auf die Stirn. Es raschelte beim Kopfwenden und behinderte die Sicht zur Seite. Sollte sie darin blind werden gegen die Veränderungen und gefangen in einer kleinen Perspektive? Nichts hatte sie vom Ende der Siederei von ihrem Vater erfahren. Er ließ sie prügeln, strafte sie mit Worten und verwehrte ihr den Beruf. Aber er war fortschrittlich genug, die alte Kunst gegen technisches Mittelmaß einzutauschen. Sie kochte vor Empörung wie Zitronengras, Tonerde und Kaliumsalz zugleich.

Nichts von diesen Zutaten würde sich mehr in den Seifen befinden. Mariyams Kräuter waren Aromen aus großen Flaschen mit Aufdruck gewichen. Sie stellten Dutzendware her. Yasina schämte sich. Der einst reine Boden war mit Staub bedeckt, Spinnweben hingen von den Gewölben. Nicht einmal einem Museum glich der alte Ort. Er sah verkommen aus und dem schnellen Verdienst geopfert. Monsieur, was mochte er denken bei diesem Betrug? All die Jahre, Hunderte von Seifenstücken lang, hatte sie geglaubt, was man ihr sagte. Hatte nachgeplappert, was man sie wissen ließ, hatte nie gefragt, gedacht, gehandelt. Die Harounis vom Khan al-Saboun stellten Einheitsware her. War dann nicht alles einerlei?

Ein Mann in Schutzkleidung saß in einer verglasten Kabine. Er studierte eine Tabelle und erblickte sie nicht. Yasina schlüpfte an ihm vorbei. Sie entdeckte die alten Waagen, die alten Formen und die Kräutermühle, fingerdick bedeckt mit Staub. Sie würde ihn aufwirbeln, sofort!

Doch vor Tante Sanas Haustür wartete sie vergeblich. Nach einer Stunde gab sie auf und ging fort. Sie wanderte in das moderne Viertel hinüber, dorthin, wo die Banken standen. Zwei Soldaten flankierten die Eingangstür. In der Gasse verborgen, standen Posten mit Gewehr.

Yasina nahm sich Zeit. Sie sah Menschen in die Bank ein- und ausgehen. Meist waren es Männer. Aber auch Frauen in engen Hosen und Kostümen betraten das Gebäude. Sie trugen weder Kopftuch noch lange Blusen. Manche hatten nur ein Top an, das jeden Muskel und viel Haut sehen ließ. Verschleierte Frauen mit Kindern an ihrer Seite betraten die Bank. Yasina folgte ihnen. Schließlich stand sie allein am Schalter.

Die Bankangestellte in einem luftigen Kleid mit kurzen Ärmeln, tiefem Ausschnitt und rotgefärbten Haaren blickte sie fragend an. Yasina brachte das Törichste hervor, das ihr einfiel: „Ich brauche Geld."

Sie schwiegen einander an, bis der Mann vom Nachbarschalter herübersah. Die Angestellte zückte das ‚Geschlossen' Schild. „Ich mache Pause", erklärte sie dem Kollegen. Sie kam hinter ihrem Schalter hervor und hakte Yasina unter. „Komm mit", sagte sie.

Eine ganze Stunde lang erklärte die Angestellte, die sich Barea nannte und auf die Männer im allgemeinen und ihren verblichenen Ehemann im besonderen fluchte, im Café gegenüber die Welt. Sie trank nur eine Flasche Wasser, um nicht zuzunehmen und klopfte dabei auf ihre Schenkel unter dem hauchzarten Kleid. „Sie halten dich fett und dumm. Zum Schluss watschelst du nur noch zwischen Bett und Küche herum. Jeder Schritt wird dir zuviel und das Denken tut weh."

Yasina erfuhr etwas über ihre Rechte, Freizeit, Urlaub und Bezahlung. Aber sie hörte auch, dass händisch gerührte Seife ein unrentables Unternehmen sei, ihr Vater gerade noch rechtzeitig auf einen modernen Betrieb umgestellt und sich wahrscheinlich hoch verschuldet habe. Auch wenn ihre Mutter sie prügle, sei sie doch ein wahrer Engel. Denn sie habe Yasina nach gutem alten Brauch mit Goldketten behangen. Nur eine einzige dieser Ketten brächte mehr als der Jahreslohn, den ihr Vater ihr zahle. Und Geld verliere von heute auf morgen an Wert. Das möge sie ihr glauben. Sie könne mit ihrem Verdienst ein Konto eröffnen, aber sie rate ihr vorerst dringend ab, die Goldketten zu verkaufen. Und ehe sie eine eigene kleine Seifenherstellung wage, müsse sie noch viel lernen. Ob sie etwas von Buchhaltung verstehe?

Seit ihren Einblicken in die Grundlagen der Chemie verstand Yasina etwas von Natron- und Kaliumlauge.

„Auch nicht schlecht", sagte Barea. „Das genügt aber nicht. Wir haben einen Crash-Kurs für Praktikanten im Bankwesen. Ich bringe dich dort unter. Immer abends, eine Stunde lang."

„Wie soll ich das machen?"

„Du bewegst deinen Hintern und kommst hierher. Das ist dein gutes Recht!" Barea stand auf und zahlte. „Der Libanon ist ein modernes Land. Schon vergessen? Hör auf, dich wie ein Schaf zu benehmen. Schafe werden geschlachtet."

Yasina suchte die Freundinnen auf, die Stirn gerunzelt, den Mund verkniffen und in Gedanken woanders. Sie fand das Tuscheln albern und vergaß, über die Burschen zu lachen, die ihnen folgten. Zur rechten Zeit war sie zu Hause.

Vater lag auf den Ruhekissen. Er blickte nicht einmal auf, sondern winkte sie heran.

Yasina blieb stehen. Sie blickte sich um. All das hier würde sie ein letztes Mal sehen. Wenn er sie nicht totschlug, würde er sie verstoßen. Mutter und Tante Sana standen vor der Küchentür. Man hatte sie beobachtet, in der Siederei, in der Bank, im Café, wer wusste es schon? Tante Sana hatte gepetzt. Wenn sie nicht stänkern konnte, war sie nur ein halber Mensch. Aber sie stand dort in ihrer ganzen Pracht, die Hände in die Hüften gestemmt, die Wangen freudig erregt. Ihre spitze Zunge fuhr über ihre Lippen wie das Messer eines Schlachters über das Fleisch. Gleich würde Blut fließen. Yasina ahnte es.

Sekundenlang hielt die kleine Harouni-Welt den Atem an.

Da erschien Großvater.

Wie so oft verdarb er den großen Auftritt seines Sohns. Er schlurfte herein, blickte sich um, sah seine Schwiegertochter händeringend neben Tante Sana stehen, die er nicht leiden konnte, was er sie stets von Neuem wissen ließ, erblickte Yasinas bleiche Wangen, roch vielleicht ihre Angst, stierte zu seinem Sohn Adel hinüber, der wie ein Großmogul auf dem Sofa lümmelte und machte sich seinen Reim. Ein Blick in den Seifensiedetopf hatte ihm früher genügt, um zu wissen, was da brodelte. Heute war es nicht anders. Er kannte alle Zutaten zu einem Drama wie das Rezept für Heilseife aus Veilchenwurzelpulver und Bienenwachs. Er setzte sich zu Tisch und verlangte nach Essen. Sein Gehstock fiel zu Boden. Yasinas Vater packte ihn.

„Wenn du mir etwas tust, erzähle ich Großvater von der Siederei.“ Yasinas Stimme zitterte, ihre Worte klangen erbärmlich.

Sekunden der Stille folgten. Großvater nahm einen Schluck Wasser und rülpste laut. Er hatte Hunger. Er klapperte mit dem Besteck auf dem Teller herum und scharrte mit dem Stuhl. Rechtsherum, linksherum, vor, zurück, an die Tischkante, zur Seite, wieder nach hinten und an das Regal. Er rappelte und kippelte, klirrte, klimperte und tönte, lärmte, rumpelte und krakelte. Knall! Das Messer auf den Teller. O, wie das kratzte und schnarrte! Die Gabel machte es noch besser, welch wunderbar vielzinkiger Laut, direkt vom Geschirr auf die bloßliegenden Nervenenden und hinüber zu den Stimmbändern Adels, der vergeblich seine Wut hinausbrüllte. Seine Worten verloren an Schärfe. Genaugenommen verstand niemand, was er sagte, womit er drohte, was er ankündigte, wie er reagieren würde, wie er bestrafen, züchtigen und schlagen wolle, und so weiter und so fort, bis er endlich verstummte und Großvater das Klappern einstellte.

Adel schwieg erschöpft. Ehe er losschlug, hielt er immer eine Rede. Jeder musste hören, warum er strafte, nur dann war es gerecht und gottgefällig. Aber Großvater hatte seine Worte zerfetzt. Gegen das Lärmen des Alten war sein Geschrei nichts gewesen, ein reines Flüstern nur gegen das Toben der Demenz. Jetzt war er ermattet. Der Gehstock entglitt Adels schwacher Hand. Er legte ihn zur Seite, als wisse er nicht, wohin sonst damit.

Großvater packte den Stock und hielt ihn fest.

„Was habe ich dir je getan?" klagte Adel jetzt mit brüchiger Stimme und zeigte auf Yasina. „Dass du es mir so dankst?" Er bedeckte sein Gesicht mit den Händen und fing zu weinen an. Yasina zitterte noch immer. Vaters Weinen klang schrecklich. Ihre Mutter fiel ein und schrie vor Schmerz. Und dann weinte auch Tante Sana.

Sie heulten eine halbe Stunde lang. Yasina hörte die Nachbarn rumoren. Sie schlichen auf den Balkon und lauschten zu ihnen hinüber. Sie wagte nicht, sich zu bewegen. Großvater schlief am Tisch ein. Er hatte das Seine getan. Eine Fliege brummte gegen das Fenster. Das Telefon schrillte. Niemand hob ab. Großvater schnarchte jetzt. Sein Kinn sackte auf die Kante. Plötzlich fuhr er hoch.

„Wo bleibt das Essen?“

Tante Sana wurde sofort munter. Sie hörte auf zu jammern, ging in die Küche und trug Teller und Platten herein.

Adel erhob sich von seinen Ruhekissen. Er bebte am ganzen Leib. „Yasina widersetzt sich mir, der Tradition und den guten Sitten. Ich werde nicht mehr essen noch trinken.“

„Gute Idee“, sagte Großvater und nahm sich Adels Lammnieren. Yasinas Mutter schluchzte auf. Sie füllte einen Teller und trug ihn zu ihrem Mann. Er war auf das Kissen gesunken und ließ den Kopf hängen. Yasinas Mutter kniete vor ihm nieder und fütterte ihn wie ein Kind. Sie pickte winzige Stückchen auf die Gabel und flehte ihn an, den Mund zu öffnen. Widerwillig ließ er es mit sich geschehen.

Großvater nahm sich eine zweite Portion. „Was ist los?“ fragte er. „Ist jemand gestorben?“ Er blickte Tante Sana an. „Ist dein Mann schon wieder tot?“

„Ich habe keinen.“ Tante Sana nahm ihm wütend das Fladenbrot weg.

„Das dachte ich mir.“

Jetzt grinste sie hämisch. Wie ein böser Geist hockte sie am Tisch, verschlang die gefüllten Zucchini, zog den Kopf bis fast auf die Brust und zischte aus ihrem schwarzen Gewand heraus: „Yasina war in der Siederei.“

Großvater ließ sich Tee einschenken. „Da gehört sie hin.“

„Sie war ganz alleine dort. In der Siederei arbeiten nur Männer. Ich weiß nicht, was sie dort machte.“

„Seife“, sagte er. „Was sonst?“

Yasina sah in seine alten trüben Augen. Blicklos starrten sie durch den Raum. Er schob sich Fleisch in den Mund und vergaß, ihn zu schließen. Fettige Soße floss über sein Kinn. Die Gabel fiel ihm aus der Hand. Er wurde müde.

An diesem Abend zog sie zu Großvater ins Zimmer. Niemand verwehrte es ihr, denn niemand sprach mehr mit ihr. Weder an diesem Tag noch an einem anderen. Sie ging morgens zur Arbeit und abends zur

Buchhaltung gleich neben der Bank. Vom ersten Tag an nahm sie Großvater mit. Er saß gerne im Café gegenüber und trank seinen Mokka. Er erzählte dem Kellner, wie er gegen die Osmanen geritten sei. Der Kellner schob ein paar Stühle heran. Männer mit Wasserpfeifen kamen und hörten ihm zu. Eltern schickten ihre Kinder hin. Selbst Frauen wagten sich näher. Die Zuhörermenge lockte Touristen aus den Emiraten an. Sie versammelten sich um den Alten mit der Zedernholztruhe. Der Fernseher im Innenraum blieb unbeachtet.

Im Gaza-Streifen habe es Tote gegeben, sagte der Sprecher. Man beschuldige den Libanon, Führern der Hamas Unterschlupf zu gewähren.

Niemand hörte es.

Großvater erzählte von Fakhr ad-Din, der vor vierhundert Jahren europäische Kaufleute in den Libanon geholt und die Wirtschaft vorangebracht habe.

Iran und Syrien unterstützen die Hisbollah, die im Libanon operiere, kam es aus dem Fernseher. Man plane Sanktionen.

Keiner nahm Notiz davon.

Großvater erzählte von früher. Er sagte, man habe ad-Din verraten. Das sei das Ende des freien und wohlhabenden Libanon gewesen. Er erhob sich. Die Zuhörer murrten und baten um mehr. Großvater zwirbelte seinen Bart. Morgen gehe es weiter mit der Geschichte, versprach er. Er stützte sich auf seinen Stock. Yasina kam aus dem Unterricht. Gemeinsam gingen sie heim.

VI.

Über dem Obst- und Gemüsesouk schwebte das Aroma herber Kräuter, sonnengereifter Feigen und süßer Melonen.

„Mariyam“, fragte Yasina. „Seit wann kaufen wir keine Kräuter mehr bei dir?“

„Ein halbes Jahr? Ein Jahr?“ Die Alte saß auf ihrer Kraxe zusammengesunken und müde. „Deine Mutter kommt einmal die Woche und gibt mir Geld. Für Lavendel und Satar.“ Sie lächelte jetzt. „Was für eine Frau! Euer ganzes Haus muss nach Lavendel duften. Soviel habe ich ihr verkauft.“

„Es gibt noch andere Seifenhersteller. Vielleicht kannst du bei ihnen etwas verkaufen?“

Mariyam wehrte ab. „Seit Jahren werden nur Pflanzenaromen verwendet. Echte Kräuter machen Probleme. Allergien, Ungeziefer, Staub.“

„Du kennst dich aus?“

„Von früher. Mein Vater war Apotheker. Ölbauer und Apotheker. Die Ölbäume waren für die Seele. Die Apotheke für den Leib. Ölbäume sind wie Kinder, weißt du das?“ Ihre Stimme wurde leise.

Yasina beugte sich zu Mariyam hinab.

„Du musst sie hätscheln, jeden Tag nach ihnen sehen. Sie brauchen Jahre, bis sie Früchte tragen. Du musst sie täglich umrunden, mit ihnen sprechen. Du siehst die Früchte reifen, aber du weißt nicht, wann du ernten sollst. Ein einziger stürmischer Tag, und die Bäume werfen die Oliven ab. Ein Tag zu früh geerntet, und ihr Aroma ist kalt. So nennt man das. Wir hatten neun große Bäume, auf die war immer Verlass. Nie haben sie uns enttäuscht. Sie waren Hunderte von Jahren alt. Ein einziger Baum steht heute noch.“

Yasina erhob sich und eilte fort. Sie kannte die Geschichte. Fast jeder Palästinenser erzählte sie. Bei ihnen durfte man nie auf Oliven zu sprechen kommen, es war, als schütte man Öl ins Feuer. Bei Oliven wurden die Vertriebenen wild. Sie erzählten von ihren Ölgärten von Jerusalem bis Haifa. Sie konnten gar nicht aufhören, darüber zu sprechen. Und sie weinten, wenn sie an die alten Ölbäume dachten, die man gefällt hatte, um Straßen und Zäune zu bauen.

„Du hattest recht, Vater", sagte sie später im Geschäft. „Ich wusste vieles über Seifen nicht. Ich will es lernen. Ich will die alte Siederei erhalten. Ich will selbst Seife herstellen, Naturseife nach alten Methoden, nur ein paar Stück."

Adel ließ die Gebetskette kreisen. Er blickte durch sie hindurch.

Yasina wartete auf Antwort, die nicht kam. Heute nicht, genauso wenig wie gestern und die Tage zuvor. „Sag du es ihm, Qasimi!"

Der Seifenschnitzer schüttelte den Kopf.

Am Abend sprach sie ihre Mutter an. „Sprich mit mir! Ich muss mit euch reden."

Ihre Mutter hörte sie nicht.

Stunden später, beim Abwasch in der Küche, ließ ihre Mutter plötzlich die Bürste fallen und packte

Yasina am Kopf. „Du bist eine Schande. Du hast Vater krank gemacht. Sein Herz ist gebrochen. Siehst du, wie krank er ist?“

Tatsächlich sah Adel verhärmt und gebeugt aus. Er aß und trank nur, wenn ihn seine Frau fütterte. Auch mit ihr sprach er kaum.

„Wenn ich einen Sohn hätte, würde er dich bestrafen.“ Mutter schloss die Augen und träumte von einem anderen Leben inmitten männlicher Nachkommen. „Ich bin zu schwach dafür. Allah hat mich mit Töchtern gestraft.“

Yasina blickte auf ihre kräftigen Hände, die so schnell zuschlagen konnten. „Du sprichst immer von einem Sohn. Du kannst nichts dafür. Das Geschlecht bestimmen die Männer. So haben wir es in der Schule gelernt. So steht es in jedem Lexikon. Jeder Arzt wird dir das erzählen. Verstehst du nicht? Es ist Vater, der keinen Sohn zeugen kann. Du kannst nichts dafür!“

Ein Teller zerbrach klirrend am Boden. Ihre Mutter schnappte nach Luft. Noch ein Fehler. Biologie zählte nicht. Töchter waren nichts wert, und recht hatten immer die Eltern. Yasina ergriff das Teetablett und trug es zu ihrem Vater. „Bitte, sprich mit mir!"

Er saß vor dem Fernseher, der nicht lief und starrte auf die schwarze Scheibe. Sie kniete nieder und reichte ihm den Tee. Ohne sie anzublicken, schlug er ihr das Glas aus der Hand. Es flog durch das Wohnzimmer und traf Großvaters Arm. Yasina sprang auf. Sie war kreidebleich. „Mutter", rief sie. „Er ist wirklich krank. Er braucht einen Arzt!"

„Dummes Zeug!" Großvater stieß seinen Sohn mit dem Stock an. „Was ist los?"

Adel gab auch ihm keine Antwort.

Großvater stieß ein bisschen fester zu. „Das hat er schon als Kind so gemacht. Er bockt, bis er seinen Willen hat. Dagegen hilft Prügel." Er hob den Gehstock.

Yasina und Mutter fielen ihm gleichzeitig in den Arm. „Komm, Großvater, Zeit schlafen zu gehen."

Was für eine Nacht! Yasina stand am Fenster und blickte auf das Meer hinaus. Die Wellen phosphoreszierten. Sie konnte das Glitzern selbst von hier aus sehen. Es zog sich die ganze Küste von Sidon bis Tyros hinunter. Vielleicht sogar noch weiter bis an die Küste Afrikas, wo braunes Nilwasser das Meer trübte und dem Glitzern ein Ende machte. Sie war nie über Tyros im Süden hinausgekommen und nicht über Tripolis im Norden. Man sagte, das Glitzern käme vom Plankton. So hatten sie es in der Schule gelernt. Yasina zog sich vom Fenster zurück. Plankton! Sie wusste es besser. An dieser Küste von Syrien bis Ägypten weinten die Menschen seit Noahs Zeiten um ihr Leben. Ihre Tränen flossen von den Wangen zu Boden, beklagten die Toten und Gefangenen, das verlorene Glück, das zerstörte Land, den Bruderhass, die Rachsucht und die Gier nach fremden Land und Leben. Sie sickerten durch Steine und Sand und brachten das Meer zum Leuchten.

Die Hitze dieses Sommers war besonders groß. Die Menschen blickten zum bleifarbenen Himmel hinauf und hinaus aufs stählerne Meer. Der Libanon glühte.

Fischer kamen mit leeren Netzen heim, im Khan al-Franj, der Karawanserei der Franken wurde die Restaurierung eingestellt, Zucchini und Melonen faulten schon beim Pflücken, vom Mameluken-Dekor hoch über der Seifengasse brach eine Rosette ab, schlug neben einem Weihrauchhändler ein und trieb Touristen in die Flucht. Zeitungen beklagten den kulturellen Niedergang des Landes, andere konzentrierten sich auf die Politik. Ein Untersuchungsausschuss sah den Mörder des Ministerpräsidenten im Umfeld Lahouds, ein anderer beschuldigte die Syrer, ein dritter fremde Geheimdienste. Die Menschen lachten, als sie dies hörten. Nichts Neues. Geheimdienste waren für alles gut. Doch wer hatte ihnen geholfen? Wo saßen die Mittelsmänner im Libanon, die Verräter, die Informanten, die Zubringer? Sie schielten zum Christenviertel hinüber, den großen Banken und den Bischöfen. Die blickten zurück auf das Viertel der Moslems. Was ging dort vor sich? Traute einer dem anderen noch? Destabilisieren hieß die Devise der Gegner. Und dieser Impuls fiel hier auf fruchtbaren Boden. Von selbst wuchs er so mächtig an, dass niemand später sagen konnte, woher er kam. Lag dieser Keim schon immer im Land verborgen, wurde er an die Küste geschwemmt oder bewusst ausgestreut? Schon wurden Stimmen laut. Man predigte das eine von der Kirchenkanzel und das andere beim Freitagsgebet in der Moschee. Die Kopftuchfrauen kauften nicht mehr bei den Topträgerinnen. Wer einen Anzug trug, ging nicht ins Wasserpfeifencafé. Läden wurden einseitig besucht, Falafelstände gemieden und Eisdielen geschlossen. Mit Zeitungsartikeln schürte man die Glut. Zeitungen brannten gut. Der Ton im Land wurde rauh und die Hitze unerträglich. Erst blieben die Briten fort, dann die Deutschen und schließlich die Last-Minute-Touristen. Die Superschnäppchen-Libanon-Reisen wurden noch billiger und Reisende selten. Das Thermometer stieg, die Stimmung sank.

Kredite wurden unerschwinglich, der kleine Laden am Seekastell musste schließen, zwei Taxiunternehmen gingen pleite, und die Palästinenser forderten Bürgerrechte. Der Iran bestand auf seinem Atomprogramm, im Irak starben Schiiten, die Menschen demonstrierten gegen Bush, dann gegen den Iran und schließlich gegen beide zugleich. Ein Fischerboot vor Beirut kenterte bei Nacht und fünf Menschen ertranken. Die Umari-Moschee bekam einen Riß im Fundament, Yasina wurde mager und grau im Gesicht und bestand ihren Buchhaltungskurs.

Im Seekastell fiel ein Kind von der Mauer, die Eltern beschuldigten den Staat, und den Staat kümmerte es nicht. Im Krankenhaus fehlte es an Ärzten, bei Byblos verendeten Fische, und der Sold der Soldaten blieb aus. Die Palästinenser des Libanon baten um Schulen und Krankenhäuser, Großvater biss sich den Schneidezahn aus, und die Hisbollah schoss Katjuscha-Raketen über die Grenze. Granaten kamen zurückgeflogen. Menschen starben. In Beirut zuckte man die Schultern. Wahr oder nicht? Wer konnte das sagen? Die Schießereien gingen weiter. Die einen waren dagegen, die anderen dafür. Endlich Schluss mit dem Schießen, forderte eine Seite. Löst das Palästinenserproblem und gebt die Sheeba-Farmen an den Libanon zurück, klagte die andere. Ohne Schießerei keine Lösung der Konflikte, argumentierten dritte. Und vierte behaupteten das Gegenteil: man könne auch mit Worten gewinnen. Man blickte hilfesuchend über das Mittelmeer nach Westen. Dort ging die Sonne unter. Kein Licht war in Sicht! Der Kleinkrieg im Land brach wieder aus, Sheeba hin, Sheeba her. Was konnte man tun?

Ein mutiger Chefredakteur prangerte die Zustände im Libanon an. Tags darauf war er tot. Man nannte es einen Unfall, aber das Volk wusste es besser. Die Maroniten verdächtigten die Schiiten und diese die Sunniten. Die Sunniten misstrauten den Drusen und diese den Orthodoxen. Der Verdacht wurde herumgereicht wie ein faulender Fisch. Die Regierung versprach eine Untersuchung und vertagte sie sofort. Schließlich blieb alles bei den Palästinensern hängen, die hinter Stacheldraht lebten, ohne Wasser und Strom.

In Beirut demonstrierte man gegen die Hisbollah und in Tyros für sie. Das Fernsehen sendete life, doch die Bilder waren vom letzten Bürgerkrieg. Die Alten wussten Bescheid, Betrug war nichts Neues, und die

Jungen sahen nicht hin. Wozu auch? Bilder konnte man fälschen. Hollywood war überall. Die Bürger stürmten die Botschaften. Jeder wollte ein Visum für Europa. Niemand bekam eins. Das libanesische Pfund verlor weiter an Wert. In manchen Läden nahm man nur Dollar. Dunkle Limousinen mit blickdichten Scheiben bestimmten das Straßenbild, wer konnte, blieb besser zu Haus. Tagelang ließ sich Mariyam nicht blicken, und schließlich stand Saláh an ihrem Platz im Gemüsesouk.

Wo Mariyam sei, wollte Yasina wissen. Der Tag hatte schon übel begonnen mit Schießereien in Beirut und Qasimi, der verschlafen hatte. Das Geschäft ging nur mäßig, und gerade als Kuweitis geschnitzte Rosenseife bestellten, war Qasimi nicht da.

Saláh sprach nicht gerne mit ihr, wenn seine Tante abwesend war. Das gehörte sich nicht. Seine Regeln waren noch strenger als ihre. Seit drei Generationen lebten sie im Flüchtlingslager, alles war ihnen genommen. Nur die Moral war ihnen geblieben. Sie hüteten sie als einzigen Besitz.

„Sie ist nach Hause gegangen." Sein Blick war verschwommen, seine Stimme ein Murmeln. Er räumte Kraxe und Korb fort, die leer waren und nur im Weg standen. Nach einem Plausch unter Freunden sah sein Gehabe nicht aus.

„Grüß sie von mir." Yasina zupfte ihr Kopftuch zurecht und ging. Am Auberginenstand machte sie kehrt. „Was heißt das, sie ist nach Hause gegangen?"

„Zu ihrem Ölbaum."

„Jenseits der Grenze?"

Der Zitronenhändler kam und gab Saláh Geld für Mariyams Körbe. Saláh ging fort mit gesenktem Kopf. Sie sah, dass er weinte.

Nicht weit entfernt vom Khan al-Saboun traf Yasina die Tuchhändlerin. „Was heißt das, sie gehen nach Hause, die Palästinenser?"

„Das machen die alten." Die Tuchhändlerin schnaufte. Heute war es noch stickiger als gestern. Es würde keinen Regen für den Garten geben und in den Gassen keinen Wind. Sie sehnte sich nach der Kühle ihres Ladens. Sie zog Yasina mit sich fort. Wenn alte Palästinenser wirklich krank würden, gingen sie heim, erklärte sie. Schließlich könnten sie keinen Arzt bezahlen. Und ihre selbstgebrauten Kräutertinkturen helfen nicht wirklich, wenn es ordentlich schmerzt und tobt. Sie machten sich einfach auf den Weg zu ihrem alten Besitz. Irgendwann stießen sie natürlich an die Grenze, falls sie nicht vorher auf eine Mine träten. Manchmal gäbe es ein Loch im Zaun. Dann kämen sie noch einige Meter voran in der alten Heimat. Sonst würden sie am Zaun erschossen. Selbstschussanlage. Todeszone. Sicherheitsstreifen. Scharfschützen. Minenfelder. Alarmposten. Sondereinheiten. Kampftruppen. Schnellfeuergewehre. Und was es dort sonst noch so gäbe im Heiligen Land. Man kenne das ja.

Yasina sackte zusammen.

Die Tuchhändlerin erwachte aus ihrer Sommerlethargie. Sie fächelte sich Luft zu. So ein hübsches Mädchen und jetzt nur ein Häufchen Elend. War Yasina schwanger? Was kümmerte sie die Palästinenser? Sah man sie nicht immer mit Mariyams Neffen turteln, diesem Saláh? Jeder wusste, dass die Flüchtlinge nur eines im Kopf hatten, Kinder, Kinder und noch einmal Kinder. Bei Tag und bei Nacht taten sie nichts anderes. Der libanesische Staat fütterte sie durch, und sie vergnügten sich. Sie selbst hatte nur sechs Kinder, aber Palästinenser hatten doppelt soviel oder noch mehr. Sie lungerten im Lager herum, fanden keine Arbeit und machten ständig Kinder. Damit höhlten sie den Staat aus und lagen ihm auf der Tasche. Vor allen Dingen auf der Tasche der Tuchhändlerin. Kein Wunder, dass Damaszener Stoffe so hoch besteuert wurden, wenn Palästinenser immer nur um Rechte schrien und Kinder machten. Was die alles haben wollten: Bürgerrechte, Pässe, Häuser, Wasser, Essen, Ärzte, Strom und Schulen. Und jetzt auch noch die Fruchtbarkeit libanesischer Frauen!

Sie betrachtete Yasina, wie sie so auf dem Stuhl hing. Das würde sie der alten Sana erzählen, Yasinas Tante. Der stolze Adel und eine Hure als Tochter! Er würde einknicken, sein Herz würde brechen. Schon längst wollte sie das hübsche Seifengeschäft haben mit dem Innenhof und den schattigen Plätzen. Sie ließ sich Zeit mit dem Glas Wasser, das Yasina schließlich zitternd nahm.

„Ist dir schlecht?" fragte sie hoffnungsvoll.

Natürlich log Adels Tochter, als sie verneinte. Dabei lief ihr der Schweiß von der Stirn. Auch war sie ganz grau im Gesicht. Ein sicheres Zeichen. Das Kind zehrte an ihr, saugte sie jetzt schon aus. Mühsam kam Yasina hoch. Sie schwankte sogar.

„Geht es dir gut?" fragte die Tuchhändlerin.

Endlich sprach jemand mit ihr. Endlich konnte Yasina weinen. Auch ihre Tränen würden das Meer zum Leuchten bringen, genauso wie jetzt die Augen der Tuchhändlerin. Was daheim geschehen war, behielt Yasina für sich, sie weinte nur und schluchzte. Dabei presste sie ihre Hände auf ihren Leib, damit sie wieder Halt finden konnte in einer Welt, in der sie keine Stütze hatte. „Mir geht es nicht gut. Seit Wochen schon."

„Seit Wochen?" Das Leuchten in den Augen der Händlerin gewann an Ausdruckskraft. Sie schob Yasina aus der Tür. Jetzt hatte sie es eilig. Es war höchste Zeit zum Markt zu gehen. Zu dieser Stunde kauften alle dort ein. Sie würde nach Sana, Yasinas Tante, Ausschau halten, neben sie an den Stand treten und ein Sinnbild für die Schwangerschaft Yasinas finden. Den Granatapfel vielleicht mit seinen vielen Kernen? Die Fülle runder Früchte auf den Händlertischen oder das kleine Kind am Busen der Mutter? Hatte nicht Sana erst kürzlich behauptet, sie messe das Tuch mit gekürzter Elle? Das schrie nach Heimzahlung! Sie beschleunigte ihren Schritt die Gasse hinunter. Im Süden brauste das Meer gegen die Klippen von Sidon. Im Norden schwirrten die Stimmen der Käufer durch die Gassen. Markttag - Zeit für ein Wort unter Frauen.

VII.

Genau zu dieser unglücklichen Stunde tauchte Mons auf.

Er kam, als Yasina mit den Gedanken erst bei Mariyam und dann immer mehr und mehr bei Saláh war, sich ausmalte, wie sie ihn trösten würde, wenn sie dürfte, und er es zuließe, wenn niemand sie sähe irgendwo am Meer oder im Schatten der Mauern, und Saláh die Scheu ablege und nicht weiterhin glaube, durch ein freundliches Gespräch ginge alles verloren, was er besitze: der Anstand und noch einmal der Anstand und wieder der Anstand, denn mehr hatte er nicht.

Nie zuvor war ihr ein Kunde so zuwider gewesen wie Mons in diesem Moment. Die Augen noch rot gerändert, die Gedanken wer weiß wo, heuchelte sie Freude und Arbeitslust. Ihr Vater saß im Schatten, ließ die Gebetskette kreisen, vor und zurück, die Kunden wurden nervös, Yasina eilte von einem zum anderen.

Mons brauchte Sonderbehandlung, das ahnte sie. Zumal die Frau an seiner Seite dank ihrer Schönheit die Aufmerksamkeit aller erregte. Einen Kunden in Begleitung solch einer Frau ließ man nicht warten. Yasina schob Stühle und Hocker heran, winkte den Teejungen herbei, ließ Getränke und Gebäck servieren, eilte zu den Saudis hinüber, die ebenso wenig warten konnten und ohnehin nicht Europäern zuliebe. Qasimi war keine wirkliche Hilfe. Er konnte schnitzen und Truhen tragen, sonst nichts. Großvater war in der Sonne eingenickt. Sie rannte nach dem Schirm, ihr Kopftuch flatterte. Ihr Vater schleuderte das Kettchen herum. Einmal rechts, einmal links. Der Khan der Irren, dachte Yasina.

„Wir haben Zeit", umriß Mons die Situation.

Sie nickte dankbar, lächelte, schlug die Augen nieder, sah zu Boden, berührte fremde Hände nicht oder packte kräftig zu, je nachdem, wer kaufen kam. Saudis durfte sie keinesfalls berühren, ja nicht einmal ansehen, während die Gruppe aus Ägypten ganz selbstverständlich nach ihr griff, die Hand schüttelte und sogar zum Abschied winkte. Tiefverschleierte Frauen aus den Emiraten schwebten wie Geister durch den Khan, ihre Männer schnippten mit den Fingern nach Yasina, damit sie dienstfertig herbeieile. Da sie keinen Gesichtsschleier trug, konnte man sie so behandeln. Yasina bückte sich nach der Seifenkiste und hielt vor Staunen den Atem an. Unter einem schwarzen Frauenmantel kam plötzlich ein hochhackiger roter Schuh zutage, ein mit glitzernden Straßsteinen besetzter High-Heel, darin rotlackierte Fußnägel im Zehenausschnitt und darüber ein schlankes Frauenbein in hautengen Röhrenjeans. Ein Windstoß legte sekundenlang frei, was sich unter dem Mantel verbarg. Geschwind rafften zierliche Hände das schwarze Tuch zusammen und alles war dunkel wie zuvor.

Jeder Käufer ließ sich Zeit, das eine zu prüfen und das nächste zu verlangen, das andere zu sehen und mit dem ersten zu vergleichen. Zeit, die er nicht hatte, wenn er auf Yasina warten sollte, auf diese junge Frau, die geschäftig allen zugleich dienen wollte, dabei stand ihre Aufmerksamkeit nur ihm allein zu, wovon jeder einzelne Kunde überzeugt war.

Nicht einmal durch die Beanspruchung des Verkaufs ließ sich die Trauer um Mariyam verdrängen. Yasina weinte um sie tief im Innersten, während sie lächelte und tröstend an Saláh dachte. Irgendwann würde sie in dieser Turbulenz untergehen, alles durcheinanderbringen, die Saudis trösten, um Mons weinen und in einem Reigen mit Vater und Großvater dem Wahnsinn erliegen.

Sie blickte hilfesuchend zu ihrem Vater. Warum erhob er sich nicht, die Kunden zu bedienen? Fleißiges arbeiten war genauso wertvolle Tradition wie kindlicher Gehorsam. Er machte sich schuldig, verstieß gegen jeden Anstand, so, wie er da saß, gelangweilt und nur getrieben, sein Gebetskettchen kreisen zu lassen. Ihr war nach kochender Seifenlauge zumute. Ein paar Tropfen auf den Gleichmut des Vaters. Es war sein Geschäft, das ihn nicht kümmerte. Was dachte er sich da drüben im Schatten? Nicht viel, sagte sie sich und zugleich dem Kunden, der nach dem Preis der Seifen fragte. Dann schweiften ihre Gedanken wieder ab. Vater hatte noch nie viel gedacht. Wozu auch? Alles folgte den Traditionen seit Jahrhunderten schon. Er hatte das

Recht für sich gepachtet, beleidigt zu sein. Auch der Betrug mochte Bestand haben, ein Teil dessen sein, was hier schon immer gepflegt wurde, wozu also die Aufregung um den Verlust der alten Siederei und den Ersatz durch Billigware?

Wie es ihr gehe, wollte Mons schließlich wissen, als Yasina Atem schöpfen konnte und die Kunden verschwanden. Er sah ein blasses Gesicht unter straff sitzendem Kopftuch. Die Dame an seiner Seite heiße Marie. Sie sei seine Frau.

Eine Hundetochtermutter sah in Yasinas Augen anders aus. Sie sollte grob sein und übel riechen. Dieses zarte Wesen mit den großen Augen duftete wie Frühlingswiese und Vollmondnacht zugleich. Großvater erwachte, wie stets, wenn es nicht passte und besonders ungelegen kam. Sein Augenlicht mochte getrübt sein und sein Verstand nicht minder, doch seine Nase über dem Schnauzer war noch immer tüchtig wie all die Jahre zuvor. Er schnüffelte, hob den markanten Kopf und kam zu Sinnen. „Es riecht nach Kultur", entschied er. Seine alte knochige Gestalt erhob sich, er schritt zu

Mons hinüber, bat ihn um Erlaubnis und Verzeihung zugleich und küsste Marie Mons die Hand mit eleganter Rückenkrümmung über den Fingerspitzen.

So etwas hatte Yasina noch nie gesehen.

Qasimi schnitt sich gleich in den Finger, dass es blutete und der Teejunge glotzte herüber, bis die Gläser auf dem Tablett klirrend zur Seite kippten. Nur ihr Vater ließ die Gebetsperlen kreisen. Auf und ab pendelte die Kette. Furchtbar sah das aus den lieben Tag lang. Bedrohlich, Unglück verheißend, eigensinnig und übellaunig. Hin und her und wieder zurück, von neuem, von vorn. Nichts brachte die Kette vom Kurs ab, weder Yasina noch Großvaters Verbeugung.

„Sehr alte Kultur", bestätigte Großvater. „Das kann ich riechen."

Yasina trug den Stuhl herbei. Großvater ließ sich nieder wie ein Sultan bei Hof.

Dies sei also der berühmte Großvater, sagte Marie mit glockenheller Stimme, im Einklang zur Freude auf ihrem Gesicht. Sie habe viel von ihm gehört und ihm deshalb ein kleines Geschenk mitgebracht, das vielleicht, so bescheiden es sei, sein Herz erfreue. Ein duftendes Stück Seife kam zutage, ein Päckchen grüner gepresster Blätter folgte. Seife aus grünem Tee, erklärte sie, Seife aus Japan. Damit pflege sie sich.

Großvater lauschte. Vergessen waren die Geschichten von der Tochter mit Hund, dem Aufenthalt in Hongkong und Mons, der allein reiste. So einer Dame sei er erst einmal begegnet, wagte er zu berichten. Noch vor dem Mongolensturm auf Bagdad sei er ihr Gast gewesen. Vermählt mit dem Kalifen habe sie ähnlich wie Marie nach großer Ferne, Mandelblüten und Sonnenaufgang geduftet. Vielleicht wäre dieses Geschenk würdig, in seiner Zedernholztruhe verwahrt zu werden?

Er möge, so ließ ihn Marie wissen, diese grünen Teeblätter in seiner alten Siederei zu einer neuen Komposition brauen. Das wünsche sie sich, wenn sie denn einen Wunsch frei hätte in diesem bezaubernden Khan mit den alten Werten und Künsten.

Man möge gleich aufbrechen und die Seifensieder unterweisen, schlug Großvater vor.

Yasina fühlte ihr Blut stocken.

Marie, von zarter Haut und feinem Sinn, begriff, dass dies gerade jetzt nicht passe. Sie habe noch einen anderen Wunsch.

Yasinas Herz fand seinen Rhythmus wieder.

„Ich kenne Mariyam und Saláh. Ich würde sie gerne besuchen. Aber im Souk sagte man mir, sie wären in Tyros im Lager? In einem Flüchtlingslager?"

„Palästinenser", brummte Großvater. „Sie waschen sich nur mit billigster Seife. Keine gute Kundschaft. Aber Mariyam liefert uns die besten Kräuter. Deshalb kaufen wir unsere Pflanzen bei ihr. Sie ist nicht billig. Wir investieren trotzdem in sie. Man muss seine Entscheidung abwägen wie die Zutaten bei einem Seifenrezept. Arbeitet man mit zuviel gesättigter Fettsäure, mit billigem Kokosöl etwa, das die Industrie verwendet, kann man die Seife lagern, wie man will und sie bleibt hart. Man darf nicht am falschen Ende sparen."

„Wir kaufen keine Kräuter mehr bei Mariyam, Großvater. Sie ist tot."

„So? Das kommt von ihrem wilden Leben. Sie ist so ein junges unerfahrenes Ding, eine Schönheit und vollkommen zügellos. Ich will nicht wissen, wie viele Männer sie ins Unglück stürzte. Der Osmane Selim wollte sie enthaupten lassen. Ich bot ihm ein Geheimrezept gegen ihr Leben. Schafgarbe und Kurkuma", flüsterte er Marie Mons zu. „Genaues darf ich nicht verraten. Man will mir das Geheimrezept entreißen. Ein erstklassiges Mittel bei Stichwunden und Abschürfungen. Sultan Saladin hätte ohne dieses Rezept niemals Jerusalem zurückerobert und die Kreuzritter vertrieben!"

Yasina fächelte Großvater Luft zu. „An heißen Tagen", erklärte sie sanft, „leben die Geschichten von Mariyam, den Osmanen, Kalifen und Saladin nah beieinander."

„Und ihr Neffe Saláh?" Marie blickte Yasina fragend an. „Kann ich ihn treffen?"

Großvater lauschte dem Klang ihrer Stimme und spitze die Lippen. „So eine sind Sie. Was wollen Sie jetzt? Eine Seife aus Teeblättern oder einen jungen

Burschen? Ach, sagen Sie nichts. Ich ahne es. Die Seife kann warten!“ Er erhob sich so energisch, als blase er zum Gefecht. „Warum zögert ihr?“ Er zielte mit seinem Gehstock in Richtung Adel, der im Schatten saß und das Kettchen schwang. „Hör auf zu beten, geh arbeiten! Wenn ich wiederkomme, muss jedes Stück Seife verkauft sein!“

„Großvater“, bat Yasina beschwichtigend. „Lass uns nach Hause gehen.“

„Willst du unsere Gäste beleidigen? Ich werde ihnen das Land zeigen und jeden Wunsch erfüllen.“

„Saláh lebt in Tyros, Großvater. Er ist Palästinenser aus einem Flüchtlingslager. Du sagst immer, dort dürfen sich anständige Libanesen nicht blicken lassen. Die Palästinenser hätten die Baracken voller Maschinengewehre, Sprengstoff und Raketen.“

„Und sie machen dauernd Kinder“, ergänzte er.

Mons und seine Frau musterten sich.

Großvater konnte ohne Hilfe stehen, schwang seinen Stock und rief begeistert: „Und wir machen Seife!“

Yasina schwankte zwischen dem einen Unglück, die alte Seifensiederei zu besichtigen, die keine mehr war, und dem anderen wie Adels Kette hin und her. Wenn sie Saláh im Lager besuchte, war ihr Ruf ruiniert. Sie wagte einen letzten Einwand: „Du magst keine Palästinenser."

Großvater wies Qasimi an, die Zedernholztruhe zum Taxistand zu tragen. „Aha?" fragte er erstaunt. „Und warum nicht?" Wenn er sich gerade hielt, war er noch immer ein stattlicher Mann. Er lächelte auf das Ehepaar Mons und seine Enkeltochter hinunter. Er bot Marie seinen Arm an, damit er sie sicher durch den Souk geleite, bei dem Gesindel, das mit den fränkischen Kreuzrittern gestern an Land gekommen wäre, wüsste man ja nie. „Sie reiten uns bedenkenlos nieder", beklagte er sich, als er einem Kinderwagen auswich. „Nach Tyros!" wies er den Taxifahrer an.

„Mit der Truhe?"

Der Fahrer gehörte zu denjenigen unglücklichen Menschen, die Großvater nicht kannten. Yasina fürchtete einen neuen Truhen-Sermon, eine Art von Gehirnwäsche für hartnäckige Hörer, aber sie täuschte sich.

Al-Saboun musterte den Taxifahrer nur streng. „Diese Truhe garantiert unser Überleben." Ob er gegen das Überleben in der heutigen Zeit etwas einzuwenden habe?

„Natürlich nicht." Der Fahrer lud die Truhe ins Auto. „Wohin soll es gehen?"

„Ins Palästinenserlager!"

Der Mann sperrte den Mund auf. „Zu den Flüchtlingen? Wieso?"

„Weil sich alles im Leben wie Seife verhält. Man nennt mich den Vater der Seife. Fast alle Seifen gewinnen im Alter an Qualität. Sie werden milder mit der Zeit. Deshalb fahre ich ins Lager, auch wenn ich weiß, was mich dort erwartet."

Der Taxifahrer reihte sich in die Autoschlange Richtung Süden ein. „Ins Lager? Sind Sie sicher?"

Großvaters Geduld mit dem begriffsstutzigen Mann war jetzt erschöpft. Er klopfte dem Taxifahrer mit seinem Zedernstock so nachträglich auf den Hinterkopf, dass dieser sich beeilte, Marie, Großvater, Yasina, Mons und die Truhe nach Tyros zu bringen.

Marie Mons griff nach Yasinas Hand und drückte sie. „Dein Großvater ist wie ein altes wunderbares geheimnisvolles Buch. Ihm zuhören zu dürfen, ist ein Geschenk."

„Er ist ein wenig ... "

„Sind wir das nicht alle?" fragte Marie.

Sie blickten auf die Halbinsel von Tyros und das Meer hinaus, auf die schäumende Brandung weit vor der Küste, wo schon Phönizier Wellenbrecher errichtet hatten, um die Seestadt zu schützen. Einst war die Halbinsel vom Festland getrennt gewesen. Ein unterseeisches Süßwassersystem hatte die Bewohner versorgt. So konnten sie allen Angreifern trotzen, bis Alexander der Große kam. ‚Wer Tyros beherrscht, dem gehört die Welt', soll er gesagt haben. Er ließ Sand herbeischaffen und einen Damm aufschütten. Mit jeder Schaufel Sand wuchsen See- und Festlandsstadt zusammen, und Tyros Macht ging unter.

Die hohen Säulen des alten Hafens leuchteten herüber, Oleander und Jasmin blühten weiß und rot zwischen den Kolonnaden, den Thermen und Glasbläserstätten der antiken Stadt. Die Kunst der Glasherstellung hatte den Ruhm von Tyros begründet. Hier hatten die Phönizier Glas geblasen, blau und grün wie das Meer vor ihrer Küste, dem sie die Murexschnecke raubten. Mit ihrem Saft färbten sie die Stoffe purpurn und festigten ihren Reichtum. Glas und Purpur war das Gold der Antike.

An ägyptischen Säulen vorbei rumpelten sie eine steile Straße hinauf. Die Gassen wurden dunkler, die Häuser ruinengleich. Die Spuren des letzten Bürgerkriegs und jene aus der jahrelangen Besatzungszeit verunstalteten noch immer die Mauern. Einschusslöcher in Kopfhöhe und zerschossene Fassaden neben blutrot rostenden Autowracks begleiteten ihre Fahrt. Kurz darauf stoppte der Wagen am Fuß eines Hügels.

Der Fahrer sprang aus dem Auto, packte die Zedernholztruhe und stellte sie in den Staub einer Schotterstraße. Er wendete und jagte davon.

Großvater, Yasina, Marie und ihr Mann blieben zurück. Ihre Blicke erst erstaunt, dann erschrocken und bald darauf entsetzt huschten von den gepanzerten Gefechtswagen zum meterhohen Stacheldraht, über die bewaffneten Soldaten am schmalen Einlass im Lagerzaun, zu den Baracken aus Wellblech, Pappkartons und schadhaften Betonwänden.

Marie fand als erste die Sprache wieder. „Die Kanonenrohre der Panzer zeigen ins Lager?“

Großvater widersprach. „Irgendwo verborgen zeigt ein Panzerrohr nach draußen. Alles hat immer zwei Seiten. Es sei denn, es wird gut geschmiert, dann gleitet es in jede beliebige Richtung wie ein Stück Seife im Abfluss.“

Niemand rührte sich. Die Besucher standen nahe am Zaun und starrten durch den Stacheldraht, wie Menschen im Zoo auf Tigerkäfige blicken. Irgendwo summte ein Generator und speiste Stromleitungen, die ähnlich Wäscheleinen über den schmalen Lagergassen hingen. Der Motor stotterte, der Generator blieb stehen. Barfüßige Kinder krochen zwischen Wellblech und alten Ölfässern hervor. Sie zählten einen Reim ab, wie es Kinder weltweit tun, liefen zu einer bröckelnden Betonmauer und stellten sich dort auf. Jener Junge, der beim Abzählen übriggeblieben war, nahm einen Stock zur Hand und zielte auf seine Freunde an der Wand wie bei einer Exekution. Ein Kind nach dem anderen fiel schreiend um, sackte in die Knie und wälzte sich im Staub. Wer am schönsten sterben konnte, wurde beklatscht. Yasina hörte Marie stöhnen. Sie krallte sich an einen Zaunpfosten, griff dabei in die Stacheln des Drahts, rotes Blut tropfte in den Schotter und Abfall der Straße. Sie bemerkte es nicht.

Eine Frau in einem bunten langen Kleid und strengem weißen Kopftuch erschien und verscheuchte die Kinder. Sie rannten lachend fort und versammelten sich unter dem meterhohen Plakat von Scheik Jassin, dem verstorbenen Führer der Hamas. Sie banden sich schwarze Stoffstreifen um die Stirn, schwenkten Stöcke über den Kopf und führten einen wilden Tanz auf. Wieder erschien eine Frau und jagte sie fort. Kreischend stürmten die Kinder eine Gasse hinauf.

Jetzt schien es, als gäbe es kein Leben mehr im Lager. Wie ein Spuk legte sich lähmende Stille auf die verlassenen Gassen. Nichts war zu hören, nur das Säuseln des Winds. Er wehte Plastiktüten über die Fahrrillen, raschelte durch trockenes Gras am Rand einer Kloake und wirbelte Staub in die Augen der Besucher. Mückenschwärme stiegen auf und tanzten über dem stinkenden Rinnsaal neben der Fahrspur. Schmeißfliegen brummten durch die Luft. Yasina sah ihre blauschillernden Leiber. Ein Baby schrie.

Großvater stand wie ein Denkmal. Er hatte sich auf seinen Stock gestützt und hielt die Augen geschlossen. Marie Mons hatte beide Hände an ihre Schläfen gepresst. Ihr Mann stand neben ihr vollkommen hilflos mit offenem Mund und herabhängenden Armen, ganz schlaff und ohne Spannung wie ein Zementsack, aus dem langsam der Inhalt rinnt.

Yasina sah ein halbes Dutzend Männer um eine Wellblechwand des Lagers kommen. Blicklos gingen sie an den Soldaten und den Besuchern vorbei.

Großvater schreckte beim Geräusch ihrer schlurfenden Schritte auf. „Saláh!“ rief er. „Ich will ihn sprechen.“

Einer der Männer blieb stehen und gab den Ruf zu den Baracken weiter. „Saláh! Da will dich jemand sprechen."

„Saláh, da steht ein alter Mann am Zaun und will dich sprechen!"

„Saláh, ein alter Mann will dich sprechen. Er hat zwei Frauen dabei!"

Marie, die Hände noch immer verkrampft und die Augen geweitet, flüsterte: „Dort leben die Flüchtlinge? Ich glaube es nicht." Ihr Mann zuckte zusammen, als erwache er. Er blickte auf seine Hände, als überlege er, was er damit tun könne, sah auf seine Frau, der Tränen über die Wangen liefen und ergriff ihre Schultern. Sie weinten beide. Yasina konnte es sehen.

Die Männer schlurften weiter, niemand kümmerte sich mehr um die Besucher. Vom Meer kam eine Windbö und riß die Plastikplane gleich hinter der Kloake hoch. Darunter lag ein Säugling auf einem Tuch am Boden. Eine Frau wickelte ihn. Zwei Schüsseln standen daneben sowie eine Plastikflasche voller Wasser und ein alter Koffer mit geborstenem Deckel. Auf einer Decke schlief ein kleines Mädchen im Schatten eines Pappkartondachs. Der Puppe in ihren Armen fehlten die Beine. Der Wind flaute ab, die Plane sank herab. „Saláh!“ hörten sie eine Stimme rufen. „Da steht ein alter Mann am Zaun. Mit einer Truhe!“

Irgendwo knarrten Holzbretter, Steine kullerten über die Fahrspur, Plastik raschelte. Saláh erschien. Er kam die Straße herunter wie ein Hausherr, der seine Gäste begrüßt. Er ging aufrecht mit erhobenem Kopf, stolperte weder über die rostenden Kanister am Boden noch über die Betonbrocken einer geborstenen Wand. Yasina sah seinen schwarzen Schopf und seine weiße Kleidung. Sie war makellos sauber, nur seine Füße in den Plastiksandalen waren voller Staub. Er lächelte nicht, vielleicht weil es nichts zu lachen gab, aber sein Blick war offen und ohne Bitterkeit.

Marie fächelte sich Luft zu, als er jenseits des Zauns an sie herantrat. „Al-Saboun“, sagte sie. „Es stimmt. Saláh riecht nach Kernseife. Nach ganz billiger Kernseife. Sie duftet wie ein Parfum.“

Yasina glaubte, andächtige Stille breite sich aus. Aber Marie belebte sich rasch. Ihr feines zartes Gesicht wurde krebsrot. Sie schluckte mehrmals, sie griff sich an die Kehle. „So lebt ihr? Das kann nicht wahr sein! Ich komme wieder!“ stieß sie hervor.

„Die Soldaten!“ Mons blickte zu den Bewachern des Lagers hinüber, die sie aufmerksam musterten. Er nahm seine Frau in den Arm, er bedeckte ihre Augen mit seiner Hand, er tätschelte ihre Wangen und streichelte ihr Gesicht. „Komm, Liebes, lass uns gehen.“

Yasina blickte auf ihre Schuhspitzen. Großvater hielt die Augen geschlossen. Saláh ging lautlos fort. Von Tyros tönte das Brausen des Verkehrs herauf. Ein scharfer Wind kam auf und ließ die Drähte der Stromleitung vibrieren. Sie schwangen über dem Lager hin und her. Das ganze Lager summte jetzt. Doch kein Mensch war zu sehen.

VIII.

Das Schweigen zwischen Yasina und ihrer Familie hatte auch Großvater ergriffen. Seit ihrem Besuch im Lager schien er wortkarg und in sich gewandt. „Bist du krank?“ fragte ihn Yasina eines Tages.

Er brummelte nur.

„Brauchst du einen Arzt?“

Großvater hob den milchigen Blick. „Elend steckt an. Unrecht auch. Es bringt immer neues Unrecht hervor.“ Er ließ den Kopf sinken, nahm ein Stück geschnitzte Gardenienseife und drehte sie in seinen Händen. „Wir haben jahrelang unsere Abwässer vom Seifenkochen ins Meer geleitet. Eines Tages kommt alles zurück. Wir haben Unrecht getan.“

Yasina wusste nicht, ob er vom Seifensieden oder der Politik sprach.

Er klopfte auf die Zedernholztruhe an seiner Seite. „Vertraue auf sie.“ Seine Wangen wirkten eingefallen, sein Blick verschleiert.

„Möchtest du einen Tee, Großvater? Willst du im Schatten sitzen? Soll Qasimi dich ins Café bringen?“

„Wann wirst du endlich handeln?“ Unerwartet starrte er Yasina an so durchdringend und klar, dass sie sekundenlang glaubte, seine Sehbehinderung sei nichts weiter als fauler Zauber, mit der er die Familie in Knechtschaft halte. Doch so sehr sie sich auch um ihn bemühte, der lichte Moment war vorbei, sein Kopf sank auf die Brust, er schlief am hellen Tag mit geöffnetem Mund und aufgerißenen Augen. Er machte Yasina angst. Es war, als sei er längst gestorben. Sie kniete nieder und versuchte, ihn aufzuschrecken. Sie nahm ihre Goldkette ab und klimperte damit vor Großvater herum. „Ich verkaufe mein Heiratsgut. Ich renoviere die alte Siederei.“

Das Klimpern erstarrte, es wurde ganz still im Khan. Großvater schien weit fort zu sein. Er schnarchte nicht, er holte nur hin und wieder seufzend Luft. Und ihr

Vater schwieg wie immer in letzter Zeit. Yasina blickte sich um. Niemand widersprach ihr. Keiner hielt sie auf. Sie hielt die Goldkette in den Händen. War das nicht ein Zeichen? Sie erhob sich, ging hinüber zu Assads Goldladen und tauschte die Kette in Dollarnoten ein. Was jetzt?

Der Junge mit dem Teetablett erschien. Sie winkte ihn herbei, gab ihm eine Anweisung und steckte ihm einen Schein zu. Er lief davon und kam mit seinen Freunden wieder. Yasina musterte ihre Truppe. Schmutzige, grinsende Gesichter blickten sie erwartungsvoll an. Sie wolle die alte Siederei wieder in Schwung bringen, erklärte sie den Burschen. Neben den modernen Maschinen, Aromaflaschen, Mixern, stählernen Tanks und Plastikkanistern würde ein neuer Platz für Althergebrachtes entstehen. Wer aber müsse zuerst geschrubbt und gereinigt werden, die Seifentöpfe oder die kleinen Helfer?

„Qasimi", wies sie den Schnitzer an. „Heute musst du allein zurechtkommen."

„Was ist, wenn Marie Mons auftaucht?"

„Sie ist krank. Sie ist noch immer krank“, erklärte Yasina. Und so erzählte sie ihm, was ihr das Ehepaar Mons hatte ausrichten lassen. Man müsse sich erst erholen, hatten sie erklärt. Vorerst keine Seife und Siederei, man müsse erst vergessen. Das Palästinenserlager und seine Insassen zum Beispiel. Die Situation der Flüchtlinge. Das Desinteresse der Welt an ihrem Elend. Das doppelte Maß, das angelegt werde. Das Schweigen der Araber, die Lügen der Politiker, die Arroganz der Bezwinger. Erst wenn man sein seelisches Gleichgewicht wiederhabe, könne man an so etwas Profanes wie Seife denken. Yasina möge es verstehen.

Qasimi verstand es nicht. „Was ist passiert?“ fragte er. „Was ist den Mons nicht bekommen? Die Sonne, das Essen?“ Wieso heulten diese Leute um Flüchtlinge, die den Libanon Millionen kosteten, das Land in Misskredit brachten und den Konflikt mit den Nachbarn schürten? Wieso hatte man Mitleid mit Menschen, die ungebeten ins Land gekommen waren, ihre Ansprüche in die Welt hinausschrien, bis es Kriege und Bomben gab, die vor allem den Libanon zerstörten und nicht die Palästinenserlager, denn dort lag ohnehin alles in Schutt? Seiner Meinung nach, die er gerne abends im Café vertrat, sollten diese rührseligen Touristen zum Thema Palästinenser lieber ihren eigenen Politikern in den Hinter treten, die alles hübsch und niedlich redeten, damit sie selbst nicht Probleme bekämen.

Yasina floh die Gasse hinunter. Sie wollte ein Handwerk ausüben, sich mit duftenden Substanzen umgeben, etwas schaffen, worauf sie zufrieden zurückblicken konnte, irgend etwas, nur keine Politik.

Sie setzte ihre Energie in Arbeit um. Sie brachte ihren inneren Aufruhr in das Schrubben der alten Gewölbe ein. Als die Siederei gereinigt war, erwarb sie Brennholz, Olivenöl und Kräuter. Und Tage später erschreckte sie Qasimi erneut. Mitten im heftigsten Treiben, das eine Gruppe aus dem Oman um Palmölseife veranstaltete, fragte sie ihn: „Willst du Seifensieder werden?"

Hilflos blickte der Seifenschnitzer von seiner Arbeit auf.

„An deinem freien Tag", ergänzte Yasina. „Wenn du die Zedernholztruhe nicht tragen musst und dich niemand hier im Verkauf erwartet. Du hast starke Arme. Ich brauche dich. Ich zahle gut."

Er deutete mit seinem Schnitzmesser zu Adel hinüber.

„Vater", rief Yasina. „Qasimi arbeitet an seinem freien Tag als Seifensieder."

Die Kette schwang vor und zurück.

„Er sagt Ja. Das kann ich aus dem Schwingen der Kette lesen. Einmal in der Woche kochen wir beide Seife. Wir beginnen mit einem alten Rezept. Wir machen Seifenmilch aus Rosenblättern, geschälten Mandeln, weißem Wachs und Sonnenblumenöl."

Die Kunden aus dem Oman horchten auf. „Können Sie uns Rosenmilchseife reservieren? Die Herstellung ist nicht einfach. Nirgends auf der Welt kann man sie heute noch kaufen. Was verlangen Sie?"

Yasina blickte zu Boden. Noch nicht einmal der Kessel war beheizt. Großvater hatte recht. So schnell glitt man mit Seife aus. Sie wusste nichts zu sagen.

„Zwölf Dollar die Flasche“, krächzte Großvater ohne zögern. Eigentlich hatte er seinen schlimmen Tag mit Bauchweh und Verstopfung. Doch er hatte Fencheltee getrunken und ein Seifenzäpfchen mit Kümmeltinktur nach alter Rezeptur verwendet und ahnte, dass seine Därme bald preisgeben würden, was heraus musste. Das stimmte ihn heiter und ließ ihn entspannt in die Zukunft blicken. Jetzt, da es schon tief in seinem Innersten rumorte, hatte er Zeit fürs Geschäft. Er musterte die Omanis in ihren schweren Gewändern aus edelsten Stoffen. Obwohl es in ihrer Heimat so heiß war, mussten sie sich solchermaßen ausstaffieren, damit die Taschen ihrer Kleidung nicht unter dem Gewicht der Geldscheine reißen konnten. Yasina war ein Spatz, er aber war ein Falke. Er wusste genau, wie man solchen Kunden kommen musste, das hatte ihm schon damals am Hof des Kalifen Ruhm gebracht und würde auch hier funktionieren. Oder war es bei Saladin gewesen?

Yasina sah, wie Großvater die Backen aufblähte, drückte, das Gesäß ein wenig anhob und befreit lächelte. Sie verstand nicht, weshalb seine feine Nase den eigenen Körper nicht mehr riechen konnte. Es musste an dieser Krankheit liegen, die sein Gehirn schrumpfen ließ. Sie wollte die dollarschweren Kunden aus dem Khan vertreiben, denn üble Gerüche wehten jetzt von Großvater zu ihr herüber. Der hatte wieder vom Kalifen über Saladin in die Gegenwart des Verkaufs zurückgefunden: „Unsere Rosenmilch wird in Behältern aus phönizischem Glas geliefert“, erklärte er ganz Meister der Situation, obwohl das, worauf er saß, zum Himmel stank. „Wenn das den Kunden aus dem Oman zu teuer ist, müssen wir die kostbare Rosenmilch auf billige Plastikflaschen ziehen.“

Jetzt schnappten alle nach Luft. Qasimi und Yasina ob des Gestanks und die Omanis wegen der ungeheuren Mutmaßung. Sie waren einer Ohnmacht nahe. Niemand auf dieser Welt hatte ihnen bisher jemals unterstellt, irgend etwas in diesem Universum könnte ihnen zu teuer sein. Hielt man sie für Habenichtse? „Dreihundert Flaschen aus phönizischem Glas mit

Rosenmilchseife", orderte ihr Sprecher und zog ein dickes Bündel Dollar hervor. „Wir zahlen im voraus."

An diesem Abend prickelte die Luft im Khan. Es war einer der Tage, den Yasina den glücklichen nannte. Die Siederei war wiederbelebt, die Kessel beheizt und die Zutaten zum Sieden bereit. Der Teejunge hatte die Glasbläser benachrichtigt, die Händler waren in den Khan geeilt, hatten ihre Waren Yasina zum Kauf vorgelegt und versprochen, für die Omanis, noch schönere und edlere Behälter zu schaffen, die jenen antiken Flaschen glichen, die Libanesen im Bürgerkrieg aus dem Meer gefischt hätten, um sie gegen Essen zu tauschen. Man hätte ja das eine oder andere Stück daheim, um nach alten Vorgaben arbeiten zu können, natürlich wäre alles legal, offiziell gemeldet und im Reinen mit der Altertumsbehörde. Sie könnten Siegel und Brief vorweisen. Schon zogen sie Behälter aus ihren Taschen, die von Muscheln besetzt so alt schienen wie die Zeit gleich nach der Sintflut, als Noah das Land hier und in Gaza nach Gottes Wunsch und Willen den Palästinensern gab, um dem Zank unter den Nachkommen vorzubeugen.

Yasina nahm eine der alten Flaschen zur Hand. Diese Kostbarkeiten gehörten ins Museum und ihre Besitzer ins Gefängnis, aber, was tun in einem Land, in dem Kriminelle mächtig waren und sich von Ruchlosen schmieren ließen und selbst Noahs Verteilung der Welt auch bibelfeste Politiker nicht scherte?

Für sie zählte, was sie bewirken konnte, sie, das blasse Mädchen mit dem Kopftuch inmitten einer Männermeute, die sie als Auftraggeberin wahrnahm.

Großvater kam aus dem Waschraum. Er ging aufrecht, duftete nach Pinienharz mit einem Hauch Neroli-Öl und schien bester Laune zu sein. Qasimi trug die Truhe, die Händler erhoben sich und deuteten Verbeugungen an. Großvater wies sie energisch zurück. „Unsinn“, sagte er. „Yasina ist der Chef.“

Die Händler fuhren herum, niemand wollte den Auftrag verlieren. Sie scharrten mit den Füßen. Yasina lächelte, Großvaters Augen blitzen, er scheuchte die Glasbläser zum Khan hinaus und schritt, begleitet von seiner Enkeltochter und der Truhe in Qasimis Armen zum Hafen hinunter.

Er war ein Herr, Yasina eine Dame. Wer das nicht schnell begreifen konnte, würde seinen Stock spüren. Wohlwollend nahm er die Grüße der Bürger entgegen, bis er den Kai erreichte und stehenblieb.

Saláh arbeitete am phönizischen Schiff. Wie immer hielt er den Kopf gesenkt. Es musste am Abendlicht liegen. So milde lächelnd hatte Yasina Großvater noch nie gesehen. Er hielt eine längere Rede und die Zuhörerschar bald den Atem an. Er zählte auf, wie viel altes Wissen verloren ginge, gäbe es nicht Männer wie Saláh, die es wiederbelebten. Man solle nur auf seine Hände blicken, wie schnell und geschickt sie das Zedernholz handhabten, aus dem ein Boot nach altem Muster entstehe.

Das war zuviel für den Palästinenser. Er sah auf. Er fürchtete, Großvater, so gnädig gestimmt, habe vollends den Verstand verloren und bedürfe seiner Hilfe. Doch der Alte nahm den Applaus seiner Zuhörer huldvoll hin und lenkte jetzt das Thema geschickt auf die Fischer. Man lebe von ihnen, von ihrer Unerschrockenheit und ihrem Fleiß, der Mühsal und ihrem Mut. Die Männer ließen die Netze sinken und hörten ihm zu. Sie hatten Frauen zu Hause, die über den mageren Fang jammerten und den kargen Verdienst beklagten. Dort oben stand ein alter Herr, der noch in jedem Krieg Hab und Gut verloren hatte und immer wieder von vorne begann. Die legendäre Zedernholztruhe stand neben ihm auf dem Pflaster, ihre Beschläge blitzten im Abendlicht. Wahr oder nicht, in ihrem Inneren ruhte ein Schatz, der die Seifensieder am Leben hielt. Der starke Mann an des Alten Seite war einzig dazu da, die Truhe zu hüten und Yasina, sein hübsches Enkelkind, dazu bestimmt, einst das Geheimnis aufzugreifen und anzuwenden. Man hatte Adel vergessen, wenn man den Alten und das Mädchen sah. Man vergaß sogar die zankenden Frauen daheim. Man ließ sich gern von den Geschichten des Alten in eine andere Zeit tragen. „Mit Seife kann man Fische vergiften“, sagte er gerade. „Seife ist für alles gut.“

Die Männer lachten. „Abu al-Saboun!“ riefen sie und klatschten in die Hände.

Saláh hatte vergessen, fortzuschauen. Er blickte geradewegs in Yasinas Gesicht hinein, so eindeutig und ausdrucksstark, dass sie glaubte, ganz Sidon halte den Atem an. Jetzt drang kein Geräusch mehr an ihr Ohr. Die Luft blieb stehen, das Meer schwieg, der Verkehr kam zum Erliegen und ihr eigenes Herz hörte auf zu pochen. Plötzlich kam alles auf einen Schlag zurück, ihr Leben, der Alltag und das Brausen des Meers. Möwen schrien auf, umkreisten Saláh, der gar nicht daran dachte, den Kopf zu senken. Nur Yasina interessierte das. Die anderen waren von Großvater gefesselt. Das hatten sie nicht gewusst, was er dort oben am Kai von sich gab. Der Mann gehörte in eine öffentliche Einrichtung oder zumindest in das größte Café, damit ihm jeder zuhören und von ihm lernen könne. Er plauderte über Murexschnecken, ihren Gestank und Fischschuppen. Niemals hätte man Wolle mit Purpur färben können, würden Seifen nicht das Fett lösen. Und Seifen waren Bestandteil der alten Handwerkskunst im Libanon.

Seine Erzählungen machten die Männer stolz. Die Fischer flickten wieder an ihren Netzen. Geschickter denn je fuhren sie über das Garn. Großvaters Stimme gab den Takt an. Man arbeitete und lernte, man lauschte und amüsierte sich. Nie zuvor waren Netze so schnell gestopft und Boote startklar gemacht worden. Das ganze Gespann dort oben, der Alte, das Mädchen, der starke Qasimi und die Truhe waren ein einziger Schatz.

Als sie schließlich gingen, al-Saboun gerade und aufrecht, Yasina tänzelnd und leichtfüßig, als blicke ihr ein heimlicher Geliebter nach, und Qasimi mit der Truhe im Arm, folgten ihnen alle am Hafen mit den Blicken. Es war ein wenig so, als ginge Sidons geballte Geschichte über das Pflaster in die Altstadt hinein.

Es wurde dunkel. Die Nacht kam, die Möwen schrien gierig, und am Seekastell brach sich das Meer. Die Fischer fuhren zum Fang hinaus.

An ihrer Wohnungstür stellte Qasimi die Truhe ab. Yasina trug sie in Großvaters Zimmer. Erst dann sah sie die Koffer und Schachteln. „Mutter? Was ist passiert?"

Mutter weinte. Yasina wollte nach ihr greifen, doch sie wich zurück. „Faß mich nicht an!"

Schweigend standen sie beieinander.

„Man sieht es schon", sagte Yasinas Mutter. „Du Hure."

„Was?"

„Was? Das Kind! Das Kind eines Palästinensers. Da wächst es! In deinem Bauch. Tante Sana hat es mir erzählt. Und die weiß es von der Tuchhändlerin. Dort hast du es gestanden."

„Bist du verrückt, Mutter?" Yasina riß sich das Kleid vom Leib, der mager und bleich war. „Ich bin unberührt." Sie rannte in Großvaters Zimmer, das sie mit ihm teilte, kam mit einem Kalender zurück und wies auf die Eintragungen. „Es ist alles wie immer. Es ist alles regelmäßig. Wie kann ich es dir beweisen? Ich bin nicht schwanger. Niemand hat mich berührt. Komm, gehen wir zu einem Arzt. Er wird es bestätigen."

Mutters Hand traf sie hart im Gesicht. „Was wird das nützen? Der ganze Souk spricht darüber. Ich bin entehrt für immer."

„Aber ich bin nicht schwanger!" Vor Empörung und Fassungslosigkeit blieb Yasina regungslos stehen, sah ihrer Mutter zu und wusste nichts mehr zu sagen.

Ihre Mutter schleppte die Koffer zur Tür. Adel folgte ihr. Er trug nur die Kette. „Wir fahren zu Amara und Fuad", sagte sie matt. „Wir werden mit ihnen nach Syrien reisen. Amara erwartet einen Sohn. Er soll in Damaskus zur Welt kommen. Sie sagt, sie fühle, dass es ein Sohn sei. Schon jetzt. Sie ist eine gute Frau. Sie wird ihrem Mann einen Sohn schenken."

Plastiktüten raschelten über den Boden. Einzeln trug ihre Mutter die Koffer hinunter. Adel wartete unten auf sie. Yasina hörte ein Taxi vorfahren. Die alte Eingangstüre aus Eichenholz mit der messingfarbenen Klinke fiel ins Schloss. Stille.

„Sie sind weg", sagte Yasina am nächsten Morgen zu Großvater und wies auf die leeren Plätze bei Tisch.

„Was redest du nur!“ Al-Saboun griff sich stöhnend an den Leib. „Sie sind noch da, die Schmerzen.“

Qasimi hatte verschlafen. Yasina musste die Truhe tragen. Und Großvater stützen. Beides war ihr zu schwer. Sie kamen bis zur Habli-Residenz. „Mein Feuer ist verloschen“, keuchte al-Saboun. „Genau wie unter dem Siedetopf. Nimm den Schlüssel und die Truhe. Beides gehört dir.“

„Ich bringe dich ins Krankenhaus, Großvater!“

Er drohte ihr mit dem Stock. „Du bringst mich in den Khan. Da gehöre ich hin!“

Gemeinsam schleppten sie sich weiter. Yasina mit der Truhe, al-Saboun mit den Schmerzen. Im Khan war Qasimi nicht. Sie brachte Großvater in den Schatten der Bäume. Er sank dort zusammen wie ein Häufchen Pflanzenasche.

„Willst du etwas sagen?“ Yasina beugte sich zu ihm. Er wisperte nur. „Bring mir die Seife von Marie!“

„Japanische Teeseife?“

„Ein neuer Geruch. Das rechte Stück für ein neues Leben.“

Yasina weinte.

Er nahm den Gehstock zitternd zur Hand und wies sie an: „Das Geschäft! Öffne es! Lass Kunden herein!“

Bebend schloss sie das Gittertor auf, rückte die Tische zurecht, öffnete Schachteln, hing Seifenketten auf, schleppte Kisten herbei, holte die Kasse, fror und schwitzte zugleich, blickte zu Großvater hin, sah ihn dort sitzen, ein schwarzer Schatten unter schattigen Bäumen, nur der Gehstock blinkte.

„Wie geht es dir?“

Keine Antwort.

Sie ließ die Seife fallen und rannte zu ihm. Sein Gesicht grau und blass geworden, lief dunkel an. „Großvater! Ich hole einen Arzt.“ Sie machte einen Satz und stürzte. Der Gehstock hatte sie getroffen.

„Nimm die Truhe mit!“ schrie er mit letzter Kraft. Sein Kopf sackte zur Seite. Die Lippen waren ganz blau, die Augen groß und weit.

Yasina rief um Hilfe. Niemand hörte sie. Sie riß das elende Zedernding aus seinem Unterstand, wuchtete die Truhe hoch und rannte hinaus auf die Gasse.

Kein Mensch war zu sehen. Sie taumelte keuchend und schwitzend zum Khan hinaus. Einen Wimpernschlag lang geriet die Welt wieder in Ordnung. Saláh stand dort mitten in der Gasse der Altstadt.

„Die Truhe?“ fragte er.

„Großvater“, schluchzte sie. „Er stirbt.“ Gemeinsam rannten sie los. Die Truhe zwischen ihnen schwankte und hielt die Leute fern. Hier, ganz nahe am alten Serail, wohnte ein Arzt. Sie blickten auf sein Praxisschild, auf das ein Schatten fiel. Seltsam, es war doch heller Tag? Sie sahen nach oben. Der Himmel über ihnen wurde schwarz. Brausen und Donner erfüllte die Luft. Dann bebte die Erde, und Staub stieg auf.

„Bomben?“ fragten sie wie aus einem Mund.

Menschen stürmten an ihnen vorbei. Kinder schrien. Sie flohen in die Keller, Gewölbe und Wohnungen. „Kampfjets greifen an“, riefen die Alten. Die Jungen gafften verblüfft. „Kampfjets?“

Ein Knall zerriß beinahe Yasinas Trommelfell. Der Himmel wurde purpurn, dann schwarz.

Schwarz wie Tante Sanas Kleid. Schwarz wie Bilsenkraut, das den Schmerz nahm, früher, als die Altstadt noch stand. Wo war sie nur? Yasina starrte in das Dunkel hinein. Kein Licht, kein Laut. Plötzlich ein Scharren, ein Stöhnen. „Saláh!" rief sie, als könne er helfen.

„Hier, ich bin hier!" Ganz nah war seine Stimme.

Ihr Körper bewegte sich nicht. Etwas Schweres lag auf ihm. Dann kamen die Sinne zurück. Erst der Schmerz, dann die Angst, die pochende Hitze in den Beinen, das Glühen der Lunge, der gepeinigte Bauch, der ausgedörrte Mund, die brennenden Augen, Ohren, aus denen Blut floss, und Finger, die sich im Staub krümmten. Licht sickerte auf sie herab. Ein Riß im schwarzen Himmel tat sich auf.

„Siehst du etwas?"

„Licht. Ein Gewölbe. Ein hohes Gewölbe."

„Wo denn?"

„Dort über dir."

„Mauern aus Kreuzritterzeit", sagte Saláh. „Das ist gut. Die halten was aus."

„Sie halten uns gefangen. Ich liege unter Steinen."

„Steine, die nicht stauben. Unter Betondecken wären wir schon erstickt. Ich kann mich nicht bewegen. Warte, ein Arm kommt frei. Yasina?"

„Großvater!" schrie sie.

„Gleich", sagte Saláh, „gleich bin ich bei dir. Fühlst du mich?

„Deine Hand. Wo bist du?"

„Begraben", sagte er. „Neben dir. Dazwischen steht ein Sarg. Nein, es ist die Truhe, die Zedernholztruhe." Er tastete nach ihrem Gesicht. „Kannst du mich sehen?"

„Nicht wirklich."

„Das ist der Staub."

„Hier ist kein Staub."

„Dann ist es der Schrecken. Schließ die Augen. Bald wird es besser werden."

„Es ist so still."

Sie lauschten beide. Da waren keine Schreie, keine einstürzenden Mauern, nichts. Nur das Licht nahm zu. Der Raum wurde heller. Ganz plötzlich konnten sie sehen. Zwischen großen Steinquadern fiel Sonnenlicht herein.

„Die Mauer?“ Yasina rief es voller Entsetzen. „Über unserem Kopf. Sie stürzt ein!“

„Sch“, machte Saláh. „Ganz leise. Still, bleib still. Siehst du. Die Mauer wankt nicht mehr.“

Wieder die Stille, kein Poltern, kein Rufen, kein Schall, kein Ton, kein Gebrüll oder Stöhnen. Dann ein Keuchen. Der eine schluchzte auf, der andere fiel ein.

„Die Truhe“, flüsterte sie weinend. „Kannst du sie fühlen?“

„Sie ist geborsten. Doch der Rahmen hält.“

„Liegt etwas auf ihr?“

„Die Altstadt von Sidon.“

„Was sollen wir tun?“

„Warum sucht uns niemand?“

„Vielleicht ist niemand mehr da?“

„Hörst du? Sie kommen!“

Es waren die Bomber. Ein Brausen erfüllte die Luft, Dröhnen, Donnern, Zischen und Bersten folgten.

Staub fiel durch die Ritzen zwischen den Deckensteinen zu ihren Köpfen.

„Das hält was aus. Nichts ist passiert. Man wird uns finden."

„Natürlich."

„Qasimi wird suchen und meine Freunde vom Meer."

„Das Ehepaar Mons, der Arzt, die Kunden aus dem Oman. Die Saudis. Die Kräuterhändler. Der Teejunge, seine Freunde, der Bäcker, die ganze Welt!"

Es war so still, als atme Sidon nicht mehr. Dann wieder ein Dröhnen, als nahe ein Sturm. „Das Meer? Die Brandung?"

„Feuer?"

„Ich weiß es nicht."

„Keine Angst, hab keine Angst. Sie werden uns finden."

„Gleich kommen sie, du wirst sehen."

Staub rieselte durch den Sonnenstrahl. Das Brausen ging vorbei, Totenstille herrschte.

„Großvater?"

„Ihm geht es gut."

Yasina weinte. „Er ist krank."

„Er ist zäh. Er wird sich erholen. Ganz bestimmt. Wir müssen die Truhe hüten, sonst gibt es Ärger."

„Sie ist geborsten."

„Sie hält die Steine ab. Ich kann in die Truhe hineinlangen. Sie ist leer."

„Natürlich ist sie leer. Jeder wusste das. Mein Erbe, ein Stück Luft. Sie hält uns die Steine über den Köpfen ab. Ein bisschen Zederndufт. Mehr nicht."

„Ich fühle etwas. Einen Zettel!"

„Ein Blatt Papier? Zerreiß es nicht. Lies vor!"

„Ich weiß nicht. Es gehört dir!"

„Lies schon. Es ist Großvaters Geheimrezept. Es gehört mir."

„Lies es selbst."

„Meine Hände. Ich bekomme sie nicht frei. Steine liegen auf mir. Lies doch. Wir haben nicht mehr soviel Licht. Es wird dunkler, siehst du?"

„Hier steht ... ich glaube es nicht." Saláhs Stimme wurde ein Flüstern: „Allah gab dir eine Idee. Gib du ihr Gestalt und Leben."

Stille und Dunkelheit. Langes Schweigen, dann ein Schluchzen. „Das soll alles sein? Dafür wurde die Kiste abgesperrt und überall herumgetragen? Das hat Großvater all die Jahre beschützt? Vor den Kreuzrittern, den Osmanen und Drusen, die ganze Geschichte des Libanon hinauf und hinunter? Das gab er mir im Anblick des Todes?“

„Schlaf ein wenig.“

Ein neues Donnern und Dröhnen. „Sie fliegen zurück. Nein, sie kommen wieder!“

„Ist es Nacht? Schlaf, damit die Zeit vergeht, schlaf doch, weine nicht!“

Das Licht zu ihren Köpfen wurde heller. Ein feiner Strahl wanderte über die Steine.

„Yasina? Hörst du mich? Es wird Tag. Wie geht es dir? Yasina, wach auf! Der Zettel, der wunderbare Zettel!“

„Großvaters Rezept?“

„Das hat ihn gerettet, all die Jahre. Immer eine Idee haben, ihr Leben geben, Neues machen, wieder von vorn anfangen.“

„Ich hatte eine Idee. Was nützt mir das jetzt?"

„Erzähl mir davon."

„Ich bin müde."

„Erzähle, bis der Lichtstrahl dort drüben ist. Am Riß in der Wand. Fang an, die Sonne wartet nicht. Und dein Erbe verlangt es von dir."

Das war kindisch. Yasina schnaufte vor Empörung.

„Im Lager sprechen wir immer von der Zukunft", sagte Saláh. „Wir schwärmen von ihr. Wir glauben an sie!"

Natürlich. Yasina fühlte ihre Wangen heiß werden. Seit drei Generationen schon blieben die Palästinenser in ihren elenden Lagern am Leben, allein deshalb, weil sie sich Geschichten ausdachten, sich ausmalten, wie es wohl wäre, wenn sie Berufe erlernen dürften und Bürgerrechte erhalten könnten. Großvaters Eifer fiel ihr ein. Die knochige Hand, die so oft liebkosend über die Truhe gestrichen hatte, sein trüber Blick, der von dem Zederndin nicht ließ, selbst wenn es heimwärts ging. Jetzt lag er irgendwo im Khan, und niemand würde ihn zu Grabe tragen. Die letzte Ehre für al-

Saboun! Ja, dachte sie, sie würde sie ihm erweisen. Nicht, dass sie einen Moment lang glaubte, irgend etwas könne ihren erbärmlichen Zustand hier ändern. Doch Großvater zuliebe wollte sie es tun, diese Kinderei angehen, von einem zukünftigen Leben erzählen, Pläne schmieden und sich keine Grenzen setzen. Eine letzte Tat für den alten Herrn. Wenn es denn sein musste.

„Ich wollte Seifensiederin werden und Naturseife herstellen nach alten Rezepten", begann sie also mit zittriger Stimme. Sie kam sich so dumm und töricht vor. „Ich habe die Siederei instandgesetzt, die Töpfe geschrubbt, Holz, Öl und Pflanzen gekauft und Seife gerührt. Rosenmilchseife war mein erstes Rezept."

„Das glaube ich nicht. Du hast kein Geld, du traust dich nicht, das träumst du nur."

„Was?" Ihre Stimme wurde laut und fest. Sie habe also keine Ahnung vom Geschäft, wisse nichts von Lauge und Öl, von Rosenblättern, Kamilleblüten und Palmenfett? Sie könne weder Konten anlegen, noch Natron einrühren, und sie habe kein Geld? Sie könne nicht kalkulieren und Buchhaltung machen? Was er eigentlich von ihr halte? Sie habe eine Goldkette verkauft, die Siederei renoviert, die Zutaten erstanden, die Kessel beheizt, die Aromen gerührt und Qasimi angestellt, den Mann mit den starken Armen. Die ersten Kunden hätten im voraus bezahlt, Glasbläser hätten ihr Angebote gemacht von wunderbaren Flaschen aus phönizischem Glas, blaugrün wie das Meer draußen vor der Küste. Ob er noch mehr hören wolle? Ob er ihr glaube?

Sie hörte ihn zweifeln. Da erzählte sie weiter von ihren Plänen und Ideen, über ihr Wissen um Zutaten und Rezepte, um Verpackungen, Abrechnungen und Kredite. Sie sprach, bis der Sonnenstrahl weit über den Riß hinausgewandert, ihr Mund trocken wie Steinstaub war und ihre Stimme krächzte.

„Du wolltest Qasimi einstellen?“ fragte Saláh.

„Er hat zugestimmt. Es war ein wunderschöner Tag. Ich kam heim, und meine Eltern hatten die Koffer gepackt.“ Sie stockte.

„Erzähl weiter!“

„Ich kann nicht."

„Das Licht, Yasina. Erzähle! Solange du sprichst, geht das Licht nicht fort."

Tiefes Schweigen, plötzlich leises Weinen, Saláhs Hand in der Dunkelheit an ihrem Gesicht. Ganz fern das Poltern eines Steins. Stille. Nichts als Stille und Dunkelheit. Sie flüsterte: „Ich sei schwanger, behauptete Mutter. Schwanger von dir."

Jetzt ein matter Schein im Raum. Ein Licht wie von Mond oder Sternen. Saláhs Atmen ganz ruhig, ganz sanft.

„Stimmt", sagte er fest. „Verzeih deinen Eltern. Irgendwie haben sie recht. Du musst ihnen verzeihen. Ich war die ganze Zeit bei dir. Nur ich. Niemand sonst, ganz nah, bei Tag, bei Nacht, in meinen Träumen, draußen am Meer, im Lager, hinter Stacheldraht, mitten im Souk, zu jeder Stunde, immer."

„Aber ... ?"

„Wie soll es heißen, unser Kind?"

„Bist du verrückt?"

Die Bomber kamen wieder. „Schnell, einen Namen!"

„Junge oder Mädchen?"

„Ein Mädchen."

Jetzt bebte selbst die Wand aus Kreuzritterzeit unter dem Bombardement. „Yasina!" rief Saláh. „Sieh nur genau hin. Ich kann unsere Tochter sehen. Dort drüben steht sie. Was hältst du von Aischa! Hörst du, wie sie lacht?"

Was hätte sie sagen sollen? Unser Leben ist vorbei? Niemals darf ich einen Palästinenser heiraten? Alles ist zerstört, die Siederei geborsten, das Geld verbrannt, Großvater tot und wir beide sind schon begraben? Wenn sie genau hinsah, ihre Augen anstrengte, die trotz aller Tränen von Staub verklebt waren, dann konnte auch sie im Dämmern ein kleines Kind erkennen, das dort im Schatten der alten Mauer spielte. Der Feuerschein des brennenden Sidon, der durch irgendwelche Ritzen fiel, ließ sie sogar - flink wie Kinder sind, von einem Stein zum anderen huschen. Noch lebhafter aber wurde die Kleine, wenn Yasina ganz die Augen schloss und sich einem Leben hingab, das schöner nicht sein konnte. Und so erzählte sie Saláh von Aischa und ihrem Bruder, dem kleinen Khalil, der ganz nach seinem Vater geraten sei, jetzt schon am Meer spiele, schwimmen könne, am liebsten mit ihm, Saláh, auf der Bireme hinausfahre und sich vor den Wellen nicht fürchte.

Als die Luft erneut dröhnte, die Mauer wankte und Steine herabprasselten, rief Saláh Großvater herbei, der auf die Kinder aufpassen möge. Und Saláh sprach hier unten, verschüttet von den geborstenen Mauern der Altstadt, vom Meer, den Muscheln am Strand, den goldenen Sonnenkringeln auf Yasinas Haut und den winzigen Fußspuren ihrer Kinder im Sand. Überall, wo sie hingingen, nahmen sie Großvater mit, der die Fahrten mit der Bireme liebte. Die Truhe hatten sie längst renoviert und mit einem dicken Tau an Bord gesichert. „Hörst du die Brandung donnern?" fragte Saláh, da Yasina im Lärm der detonierenden Bomben vor Angst schrie.

Sie fühlte seine Fingerspitzen an ihrer Wange und kehrte auf die Bireme zurück. Sie habe sich immer ein wenig vor der Gewalt des Meeres gefürchtet, gestand sie, um das Beben ihrer Stimme zu erklären und glitt von ihrem Elend zurück in eine Welt, die sie entstehen ließen. Aber sie gebe Saláh recht. Mit ihm an ihrer Seite könnte sie auch das wilde Meer bezwingen. Die Meerluft ließe ihre Kindern gedeihen, und Großvater habe noch nie so wunderbare Geschichten erzählt wie heute, da er vorne am Bug stehe.

„Jetzt schwankt das Schiff", keuchte Saláh mit gepresster Stimme. „Verzeih mir, einen Augenblick lang, fürchtete ich, wir würden untergehen. Aischa ist bei mir. Sie hat keine Angst. Das ist ein wildes kleines Mädchen. Wie ein Windgeist steht sie dort vorne im Sturm. Siehst du ihr glänzendes Haar und die großen Augen? Lass das Meer nur toben."

„Es ist so heiß!"

„Das ist die Sonne. Das geht vorüber. Nicht weinen, du machst den Kindern angst! Spürst du den Salzgeschmack auf den Lippen? Gleich gehen wir an Land."

„Ich habe Durst."

„Da kommt er schon, unser Sohn, Khalil. Er trägt den Wasserkrug und die Melone. Großvater erzählt von dem Ritt mit ad-Din. Hörst du das Donnern der Hufe?"

„Es wird dunkel. Ich fürchte mich."

„Gehen wir heim! Das Meer ist wild. Jetzt schwankt das Boot. Im Haus ist es besser. Spürst du es? Es wird ganz ruhig, ganz still. So ist es recht. Das kleine Licht da oben, das lassen wir an. Die Kinder schlafen schon. Ich halte dich fest. Schließ die Augen!"

Yasina hörte, wie müde seine Stimme war. So ließ sie ihn schlafen. Beim nächsten Erwachen konnten sie wieder aufs Meer hinausfahren. Die Stille wurde erdrückend. Atmete Saláh noch? „Saláh?" flüsterte sie in der Dunkelheit. Ohne seinen Zuspruch schwand die kleine Welt, die sie errichtet hatten und wandelte sie in ein staubiges Grab unter den Ruinen von Sidon. Yasina fühlte ihr Herz pochen. Es klopfte so wild, dass ihr die Luft wegblieb. Gepeinigt riß sie die Augen auf.

Was war nur geschehen? Hinter den Steinquadern saß Großvater am Tisch. Kinder spielten am Boden.

Er hielt den Stock in der Hand, der Knauf blinkte. Lammnierchen aß er, man konnte es sehen. Aischa brachte Tee, er schlürfte ihn mit Genuss. Staub rieselte herab, Steine polterten nach. Großvaters Bild verschwand, die Kinder waren fort. Da waren weder Tisch noch Tee nur drohendes Dunkel und Finsternis. „Saláh?" .

Keine Antwort.

„Saláh, sprich mit mir!" Ihre Stimme erschreckte sie selbst. „Hast du den Zettel aus der Truhe noch?" Ein Stöhnen folgte, ein Husten. „Halt den Zettel fest, Saláh! Halt ihn fest!"

„Saláh?"

Stille und Dunkelheit. Ein Schweigen, das in ihren Ohren dröhnte, Schwärze, die ihr Herz verbrannte. Kein Licht, kein Laut, kein Leben.

Plötzlich schwankte die Mauer zu ihren Köpfen. Licht fiel herein. Die Wand stürzte nieder. Stein um Stein brach heraus. Einer nach dem anderen, langsam, bedacht. Ein Stück nur zuerst, dann ein zweites. Quader um Quader verschwanden nach draußen.

Nach draußen? Yasina hielt den Atem an. Männer in weißer Schutzkleidung stiegen zu ihnen hinab. Sie räumten den Schutt fort. Es war kein Traum. Träume schwitzten nicht. Die Männer bargen Yasina und Saláh. Sie nahmen auch die Truhe mit. Ihre Stimmen waren leise, die Hände sanft. Sie rochen nach Seife.

Was war geschehen, was würde die Zukunft bringen? Konnte sie ihre Beine bewegen, was war mit den Armen? Wo war Saláh? Blaues Licht zuckte durch die Nacht, und Saláh stöhnte. Er lebte noch. Und sie? War sie schon gestorben? Nein, sie war draußen, dem Grab entkommen, doch wo war das Sidon geblieben, das sie kannte? Sie lauschte, hörte das Meer an die Klippen schlagen und atmete auf. Das war der Libanon. Das war ihre Zukunft. Trümmer und Schutt umgaben sie, Menschen rannten um Hilfe mitten in der Nacht.

Sie konnte den Kopf wenden und sah in den Himmel hinein. Die kühle Nachtluft wehte den Staubschleier von ihren Augen fort. Endlich erkannte sie die Welt, die sie umgab: die Stadt, ihre Mauern und den

Himmel darüber. Wie eine Vision kommender Zeiten hing der Halbmond über den Ruinen von Sidon, eine kalte Sichel so scharfkantig, schnittig und glänzend wie das Schwert des Propheten.

Hände tasteten nach ihr, ein bärtiges Gesicht erschien in einem Overall mit dem Zeichen des roten Halbmonds. Er sei Arzt hörte Yasina den Fremden sagen. Sie dürfe ihre Arme und Beine nicht bewegen, ob sie sprechen könne? Wie sie heiße? Und wer dieser Mann an ihrer Seite sei, der sich an den Griff einer Holztruhe klammere und das Bewusstsein verloren habe? Halb Sidon läge in Trümmern und so wie es aussähe, brenne auch Beirut. Nicht nur die Häuser lägen in Schutt und Asche, die Registratur, die Verwaltung, ja die ganze Ordnung im Land sei zusammengebrochen. Wer libanesischer Bürger sei, müsse jetzt helfen, Leute zu identifizieren und ihre Namen zu nennen.

Es war der Moment, in dem Yasina glaubte, hinter den von Blut und Staub bedeckten Brillengläsern des Arztes Großvaters listige Augen aufblitzen zu sehen, wie in den wenigen hellen Momenten der letzten Zeit, wenn Allah ihm eine Idee und er dieser Idee Leben gab.

Sie heiße Yasina, gab sie zu Protokoll und der Mann an ihrer Seite sei Saláh Saboun, ein ferner Verwandter aus der Sippe der Harounis und seit drei Tagen ihr Ehemann. Die Truhe, die er festhalte, berge das Familienerbe. Es sei ihr Hochzeitsgeschenk.

„Wie traurig", antwortete der Arzt, der alles niedergeschrieben hatte. „An eurem Hochzeitstag brach dieses Unglück über euch herein."

Yasina widersprach. Sie hätte gerne die Hände zu Hilfe genommen, aber sie gehorchten ihr nicht. Dafür sprang ihre Stimme ein. Sie klang keineswegs gebrochen oder bekümmert, sondern so angenehm und zuversichtlich, dass die Helfer um sie herum innehielten und zuhörten.

„Wir haben zwar alles verloren", sagte sie. „Die Ausweise, die Hochzeitsurkunde, die Siederei, das Geld und auch die Geschenke, aber unser wirkliches Glück zu zweit beginnt erst jetzt."

Michael Grandt

Wir sind der Mörder

158 Seiten, Softcover
ISBN 3-935192-20-7

In Kurzgeschichten schreibt der Autor in eindringlicher Schärfe und aus Doku-fiktiver Sicht über den Krieg und das Sterben in Vergangenheit und Gegenwart.

„Mein Bestreben ist es, mit diesen Geschichten zum Nachdenken anzuregen und zu einem humaneren Umgang miteinander. denn erst wenn sich jeder von uns selbst zur Nächstenliebe, Toleranz und Menschlichkeit bekennt, wird es kein Auschwitz, Hiroshima, Vietnam oder Sarajevo mehr geben.“

michael grandt

Gryphon

János Rózás

Schwester Dusja

Ein belebender Sonnenstrahl in Sibirien

440 Seiten, Softcover

ISBN 3-937800-52-2

Ohne Pathos oder nach Mitgefühl heischend beschreibt der ungarische Autor, wie er 1945 in sowjetische Gefangenschaft geriet und als 20 jähriger fast 10 Jahre im Gulag Sibiriens verbringen musste. Das Buch steht für die vielen Namenlosen, die dort alles oft auch ihr Leben verloren haben. Eine Geschichte, bei der man nicht gefühllos bleiben kann.

Gryphon